For your mission

1. 이름짓기
2. 사진찍기
3. 교감(대화)하기
4. 산책하기
5. 친구만들기
6. 관찰일기쓰기
7. 여행하기

Thank
you
my
pet

셀럽들의 또 하나의 가족

땡큐 마이 펫

Thank you my pet

셀럽들의 또 하나의 가족

땡큐 마이 펫

안나 가요 글

캐서린 퀸 그림

김유경 옮김

빅북

외로움에 지쳐보지 않은 사람은
고독이란 깊은 늪이 얼마나 참담하고 망막한지
그다지 잘 헤아리지 못합니다.

세상의 한복판에서 자신이 덩그러니 혼자라고 느꼈을 때,
"나에게도 위로를 건네주는 누군가 곁에 있었으면……"
이런 생각을 할 때가 종종 있었을 겁니다.

지구상에서 동물들이야말로 가장 정직하다고 합니다.
인간의 간사함이나 비열함을 한번쯤 겪어본 사람이라면
금방 반려동물이 가진 매력에 흠뻑 빠지게 될 겁니다.
인간은 무척 강하다지만 상처를 받은 영혼일 땐
정말 나약하기 이를 데 없습니다.
독자 여러분,
2020년엔 자신의 영혼과 행복부터 먼저 챙겨야겠어요.

삶이란 영역 안에서
그 무엇도 당신의 아픔을 대신해줄 수는 없습니다.
이 책은 위로가 필요한 순간에 펼쳐보게 되는
힐링 엔솔러지 겸성북입니다.

2020년 1월 정초에,
이문필 드림

차례

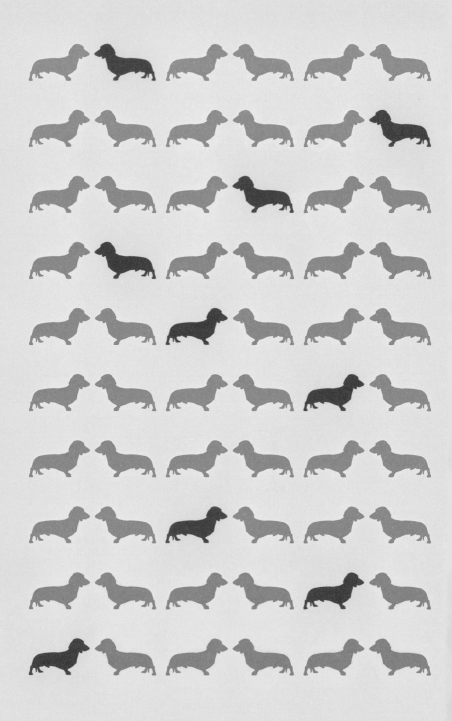

Companion Animal

&

Pet

1986년 10월 오스트리아 빈에서 '인간과 애완동물의 관계'를 주제로 하는 국제 심포지엄에서 콘
라트 로렌츠(Konrad Lorenz, 노벨생리의학상 수상)는 사람과 더불어 살아가는 동물이 인간에게 주
는 여러 가지 혜택을 존중하는 차원에서 애완동물(Pet)을 '반려동물(Companion Animal)'이라는
용어로 바꾸자는 제안을 하게 되면서부터 사용하기 시작했다.

Stanley
&
Boodgie

호크니의 삶을 풍성하게 채워준
또 하나의 가족

스텐리와 부기

See differently, think differently!

남다르게 보고,
남다르게 생각하라!

남다르게 보고,
남다르게 생각하라!

호크니와 그들은

그냥 평범한 가족이었고,

그들은 그 예술가의 눈에 따라

수영장, 풍경 및 사람들이 예술 작품으로

변해가는 세계에 살고 있을 뿐이었다.

1993년

드디어 스탠리와 부기가 예술 작품으로

변신할 차례가 돌아왔다.

이 화가는 웅크린 채 눈을 한쪽만 뜨고 있는

강아지들을 그리기 위해

집 마당에

이젤을 놓았다.

하지만
여느
할리우드 개들처럼

—

호크니가 바라보는
특별한 시선에 익숙해진

—

그들은 지루한 표정으로
포즈를 취하였다.

조금씩 호크니의 집은 여기저기 화려한 '닥스훈트의 전당'으로 변해갔다. 이들의 사진에서부터 유명한 닥스훈트의 초상화 또는 액세서리, 그리고 딱 봐도 닥스훈트인 긴 몸매의 작은 조각상들까지 매우 다양했다. 이 개들은 음식과 사랑을 과분할 정도로 받으면서 행복하게 살았다. 그러나 할리우드의 다른 반려동물들만큼 부유하게 지내지는 않았다. 왜냐하면 아무도 그들에게 개들을 위한 별자리를 읽어주지 않았고, 개를 위해 마사지를 해주거나 개들을 위한 채식주의 음식도 주지 않았기 때문이다.

〈예술가의 초상(Portrait of an Artist, 1972 ⓒChrist's Images Ltd 2018)〉 영화 〈호크니〉 중에서

〈예술가의 초상(1972년)〉이란 작품은 생존 작가 중에 크리스티 경매 최고액(9031만 달러)에 낙찰되는 어마어마한 기록을 세웠다고 한다.

"데이비드 호크니,
그의 존재가 하나의 장르이다."

데이비드 호크니는
어떤 화가로부터 영향을 받았을까?
그가 존경했던
인물들의 작품을 오마주한 작품을
소개하고자 한다.

《클라크 부부와 퍼시(Mr and Mrs Clark and Percy, 1970~1971 ⓒDavid Hockney / Tate,London 2019)》
영화 〈호크니〉 중에서

*오마주(hommage) : 프랑스어로 '존경, 경의'를 뜻하는데 영화에서 존경의 표시로
다른 작품의 주요 장면이나 대사를 인용하는 것을 일컫는 표현이다.

피카소 오마주

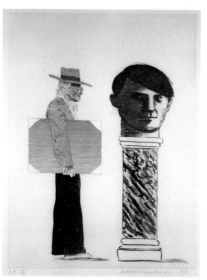

"'천재'라는 단어가 소수만을 위한 단어라면, 피카소는 그 몇몇에 포함될 것이다."

1. 〈예술가와 모델〉, 데이비드 호크니
2. 〈피카소를 존경한 학생〉, 데이비드 호크니
3. 〈피카소는 무엇인가〉, 데이비드 호크니

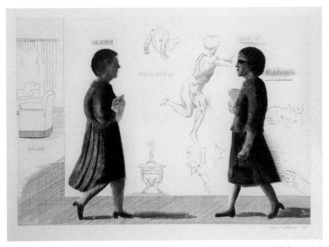

〈Homage to Michelangelo〉, 데이비드 호크니

"조각가로만 평가하기에
미켈란젤로는 너무도 다재다능하다."

호가스 오마주

〈Kerby(after Hogarth) Useful
Knowledge〉(1975), 데이비드 호크니

"조선에 김홍도가 있었다면 영국에는 윌리엄이 있었다."

앙리 마티스 오마주

⟨The Dancers⟩(2014), 데이비드 호크니

누군가 앤디 워홀에게
"당신은 무엇이 되고 싶은가?"라고 묻자,

"나는 앙리 마티스가 되고 싶다."고 했다.

반 고흐 오마주

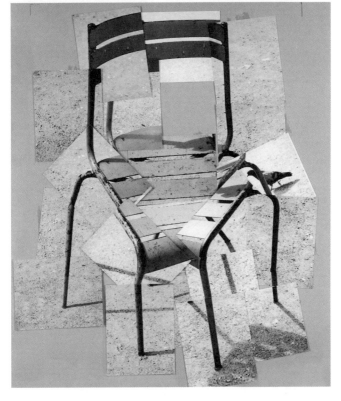

반 고흐 오마주

1888년의 어느 겨울날, 프랑스의 무명 화가 반 고흐는 두 점의 작품을 완성하였다. 화려한 카페트 위의 의자를 담은 〈고갱의 의자〉, 소박한 방 안의 나무의자를 담은 〈빈센트의 의자〉였다. 이 때 고갱은 고흐의 동료 화가였고, 빈센트는 고흐의 이름이었다.

달라도 너무 달라 보이는 '고갱'의 의자와 '빈센트'의 의자가 무언가를 예고하기라도 했던 걸까? 그로부터 한 달 후, 둘 사이에는 큰 다툼이 벌어진다. 고갱은 고흐의 곁을 떠났고, 고흐는 스스로 자신의 귀를 잘랐다.

"그림에 인생을 걸었던 유일한 남자는
바로 빈센트 반 고흐이다."

1   2

1. 〈Vincent's Chair and Pipe〉, 반 고흐
2. 〈Van Gogh Chair (Black)〉, 반 고흐
3. 〈Chair (Photocollage)〉, 데이비드 호크니   3

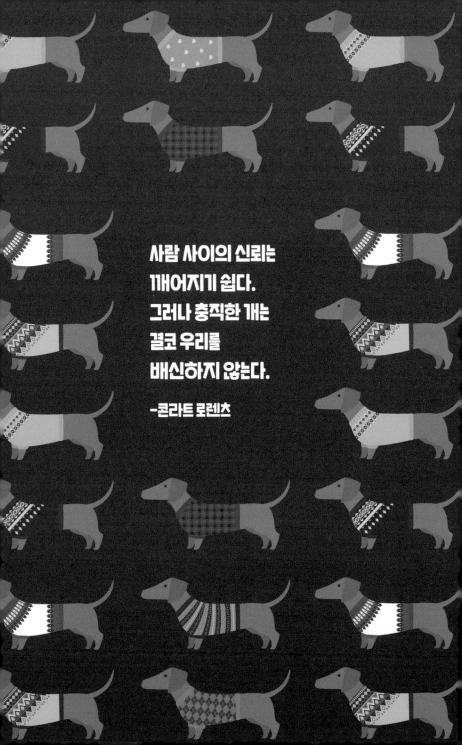

사람 사이의 신뢰는
11개어지기 쉽다.
그러나 충직한 개는
결코 우리를
배신하지 않는다.

-콘라트 로렌츠

영국의 팝 아티스트이자 무대연출가인 데이비드 호크니는 이웃집 닥스 훈트를 보고 한눈에 반했다. 물론 그는 개를 좋아했지만, 여행을 너무 자주 가는 바람에 한 마리도 제대로 키우지 못했다. 그러던 중 그는 개를 키우면 여행을 덜 가게 될 거라는 생각이 들었다. 그 결과 그의 집에 스탠리(Stanley)라는 개를 먼저 입양하였고, 2년 후 독립적인 성격의 부기(Boodgie)도 들여오게 되었다.

1980년 무렵에 호크니는 할리우드 힐스에 살게 되었는데 그는 가깝게 지내던 두 친구가 갑자기 죽은 바람에, 괴로운 시간을 보내야만 했다. 그 개들은 그가 안 좋은 생각에서 벗어날 수 있도록 도와주고, 또한 많은 위로의 시간을 함께 보내주었다. 그는 개들과 함께 해변이나 인근 공원으로 나가거나 작업실에서 몇 시간씩 함께 보내곤 했다. 그렇게 늘 셋이서 함께하곤 했다.

스탠리는 주인이 일어나면 스프링처럼 곧바로 일어났지만, 부기는 그들의 움직임을 지켜보다가 먹거나 산책하거나 잠을 잘 준비를 할 때만 움직이기 시작했다. 예외가 있다면 스탠리는 비가 올 때엔 발도 보이지 않고 전혀 움직이지 않았다.

David Hockney Stanley & Boodgie

데이비드 호크니
(David Hockney, 1937~생존)

데이비드 호크니는
존재 자체가 하나의 장르가 될 만큼
현대 미술의 거장으로 널리 알려져 왔으며,
다큐멘터리 영화 〈호크니〉로도 연출되기도 하였다.

그의 예술 세계를 들여다보면
그림부터 사진, 콜라주에 이르기까지
다양한 기법이 사용되는 것이 놀랍다.

그러나 그의 시리즈 〈개의 날들(1995)〉을 보면
그의 기법에서가 아니라 주제에 놀라게 된다.

그림 속에서 스탠리와 부기는 마흔다섯 가지 다양한 형태로
휴식을 취하고 있다. 물론 이 그림은 판매용이 아니었다.
이 예술가는 어떻게 그의 멋진 친구들과
이런 친밀감 있는 순간들을 포착하고 만들 수 있었을까?

Granizo

프리다 칼로가 사랑했던
파란집의 꽃사슴

그라니소

"나는

나

차신을 그린다.

왜나하면

나는 너무도 자주 외롭고

또 무엇보다
내가 가장 잘 아는

주제가
나이기 때문이다."

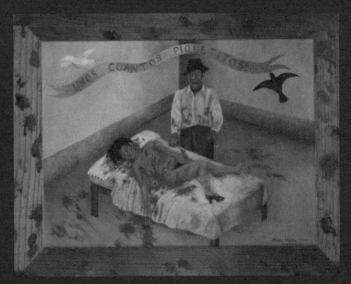

〈부서진 척추(La Columna Rota(1944)〉*칼로 자신의 수술방 형상화

〈부서진 기둥〉, 프리다 칼로

〈우주와 지구, 나, 디에고 그리고
애견 세뇨르 솔로틀의 사랑의 포옹〉
*개(세뇨르 솔로틀)/남편

프리다 칼로는
독특한 화풍뿐만 아니라,
생활 방식과 머리 장식,
옷차림에서도 특이함을 보여주는
멕시코 화가다.

그녀는 특히
자화상 그리기를 좋아했다.
그래서 짙고 긴 눈썹과 십 대 때
교통사고를 당해 수술 받은 상처가
가득한 자신의 형상을 많이 그렸다.

프리다 칼로는
영감의 원천을
자기 자신에게서 찾았다.

그래서 자신을
모델로 삼아
수많은 자화상을 남겼다.

〈칼로의 자화상〉 *원숭이 & 고양이 & 앵무새

칼로가 키웠던 반려동물에는 고양이, 개, 앵무새, 독수리, 사슴, 거미원숭이, 다
람쥐 등 다양하였는데 그녀가 동물들과 함께 있는 모습을 보면 마치 낙원의
한 장면 같기도 했다.

"반려동물과 함께하는 삶은 자연을 집에 두는 것이다."

−동물행동학의 대부였던 로렌츠의 명언

그녀는 멕시코시티의 카사 아술에 있는 '파란색의 집'에서 태어났으며, 평생 그곳에서 살다가 생을 마감했다. 세계적인 여류 화가의 집에 이보다 어울리는 이름이 또 있을까! 교통사고로 인하여 자유롭게 움직이기 어려웠던 그녀가 가장 좋아했던 곳은 집 안뜰이었다. 그녀와 마찬가지로 화가였던 남편 디에고 리베라는 그곳을 이국적인 반려동물들이 자유롭게 돌아다닐 수 있는 자연이 가득한 공간으로 바꾸어주었다. 디에고는 그 안뜰에 작은 아즈텍 피라미드 모형을 지어주었는데, 그곳에 그녀가 키우던 물수리의 배설물이 쌓여 지저분해지기 시작했다. 그러자 그녀는 화가 나서 그 물수리를 '헤르트루디스 흰 똥'이라고 불렀다.

프리다는 그곳에 있는 모든 동물을 잘 돌봐주었다.
버릇없는 원숭이들을 교육하거나 작은 앵무새들에게
먹이를 주거나, 아즈텍 종족의 희귀한 개 중 하나인
솔로틀(아즈텍 언어로 '개'라는 뜻이고, 번개와 불의 신이며
개의 머리를 한 신으로 그려진다)과 함께 놀았다.

그리고 특히 집에서 키우던 애교가 많은
작은 꽃사슴인 그라니소(Granizo, 스페인어로 '우박'이라는 뜻)에게
많은 애정을 쏟았다.

그라니소가 자라면서 뿔이 생겼지만,
그녀가 침대 곁에 두고 안아주는 데는
전혀 걸림돌이 되지 않았다.
동물들은 프리다의 친구일 뿐만 아니라,
작품 속에서 그녀의 감정을 표현하는
대상으로서의 모델이 되어주기도 했다.
특히 그라니소는
그녀의 가장 중요한 두 작품에 나온다.

〈상처 입은 사슴〉 *칼로 자신을 형상화시켜 감정이입

〈상처 받은 탁자〉에서는 흰점이 난 새끼 사슴으로,

6년 후 〈상처 입은 사슴〉에서는 성장한 사슴으로 등장한다.

더는 의학적 치료가 불가능하다는 걸 알게 된

그녀는 이 그림에서 막다른 골목에 다다른 자신의 모습을

상처 입은 사슴으로 표현하였던 것이다.

프리다는 디에고와의 결혼생활에 항상 허기졌지만
그리움 그 자체일 뿐이었다.
그래도 디에고의 아내가 된다는 건
세상에서 가장 경이로운 일이었다.

그래서 디에고가 다른 여자들과 관계를 맺더라도
그냥 내버려두었다.
사실 디에고는 그 어떤 여자의 남자도 아니었고
그렇게 될 수도 없었으니까!
프리다에게 사랑은 증오였고
한편으로는 기쁨이기도 했다.

디에고는 한 여름의 폭설이었다.
황당하고 억울하지만,
어쩔 수 없이 흠뻑 젖어 떨고 있어야 하는.
난 그저 쏟아지는 눈을 맞고 서 있었다.
피할 수도 도망칠 수도 없었다.
그 눈보라를 사랑했으니까!
-'프리다 칼로의 순결한 사랑' 중에서

"나의 평생소원은

단 세 가 지,

디에고와 함께 사는 것,

그림을 계속 그리는 것,

혁명가가 되는 것이다."

삶의 고통의 순간이 찾아올 때마다

그림으로 그 고통의 순간을 치유했던 프리다 칼로,

1954년 폐렴 악화로 죽어가던 칼로는 죽음을 예감하듯

마지막 날 일기장에 '이 외출이 행복하기를

그리고 다시 돌아오지 않기를' 이라고 썼다.

1970년대 페미니즘 운동이 일어나면서

다시 한번 세계인들에게 재발견되곤 했으며,

그녀의 그림이 표현하는 솔직 담백한 여성성과 섹슈얼리티는

후세의 페미니스트들이 높이 평가한 것이다.

그녀의 삶은 다양한 책과 2003년 영화로 만들어졌는데

제59회 베니스 영화제 개막작으로

선정되기도 하였다.

프리다 칼로(Frida Kahlo, 1907~1954)

그녀는 6살이 되던 해에 소아마비에 걸렸으며, 열여덟 살이 되던 1925
년 그녀의 첫사랑과 함께 탄 버스 안에서 대형 교통사고를 당했다. 그 사
고는 너무 중상이어서 그녀에게 평생 심각한 후유증을 남겼다.
걷고 움직이기가 힘들어졌고, 아이도 가질 수 없게 되었으며, 서른두 번
의 수술을 해야 할 정도였다. 그녀는 늘 그림을 그렸던 그 침대에서 그렇
게 점점 쇠약해져 갔다. 그러나 그녀의 그림과 수많은 동물들은 그녀가
고통을 견디는데 가장 큰 자양분이 되어주었다.

Archie

앤디 워홀 말년까지
떨어질 수 없었던 친구

아치

"대통령과 엘리자삐스 테일러가 마시는 코카콜라도, 부랑자가 마시는 코카콜라도 모두 같은 것이며, 똑같이 맛있다."

팝아트의 아버지인

앤디 워홀은 피츠버그에서 보낸

어린 시절부터 고양이만 키웠기 때문에,

개를 키우는 일에 큰 확신이 없었다.

그러나 1973년 크리스마스,

검고 짧은 털이 난

닥스훈트인 아치(Archie, '오소리 사냥꾼'이라는 뜻)가

그의 삶으로 들어와 그의 인생에

매우 중요한 부분을 차지하게 되었다.

그 당시 앤디 워홀은
이미 미국 문화계에서
삽화와 예술 작품을
대중화시킨 팝아트계의
혁명적인 예술가였다.

그는 하나의 소재를
다양한 면과 색으로
표현한 이미지를 대량으로
그렸다.

캠벨 수프 통조림,
코카콜라 병,
코믹 스트립
(서사 만화, 이야기 만화) 등
주로 제품이었지만,

할리우드 배우, 예술가 또는 수 많은 동물들도 그림의 소재였다. 그것들은 전통 회화와는 전혀 달랐지만 매우 친근하고 이해하기 쉬워서 많은 사람들이 집에 그의 그림을 걸어두고 싶어 했다.

유명한 예술가로서 그는 많은 행사에 초대를 받았는데, 그럴 때마다 절대 떨어질 수 없는 분신처럼 작은 아치를 팔에 안고 다녔다. 고급 식당에 갈 때는 아치를 무릎에 두고 냅킨으로 덮어두었고, 인터뷰할 때는 대답하기 싫은 질문이 나올 때마다 그를 쳐다보며 "말해 보렴, 아치? 말하란 말이야."라고 말했다. 하지만, 아치는 앤디처럼 말이 많지 않아서, 그럴 때마다 작고 긴 주둥이를 꼭 다물고 있었다. 매우 고급스러운 뉴욕 보석 매장인 티파니의 금패 목걸이까지 한 아치는 주인만큼이나 카메라를 즐기는 것처럼 보였다.

앤디는 1976년까지 아치의 친구를 찾다가 마침내 갈색 털의 닥스훈트견인 아모스(Amos)를 만났다. 하지만 아치와 달리 아모스는 앤디의 사교 행사에는 전혀 관심이 없었고 오로지 개들의 친구로서의 역할에만 충실했다.

그래서 아치는 유명한 개로서의 삶을 내려놓고 아모스와 여기저기 뛰어다니며 하루하루를 보냈다. 그해 이 화가는 <아치와 아모스>라는 작품을 그려 그 반려동물들을 그림 속에서 영원히 살게 해주었다. 이 닥스훈트 두 마리는 앤디 워홀 말년에 유일한 친구가 되어주었다.

페미니스트 작가이자 여배우인
발레리 솔라니스에게 저격을 당한 후
담낭 수술 후,
그의 작품에도
죽음의 그림자가 드리워지게 되었다.

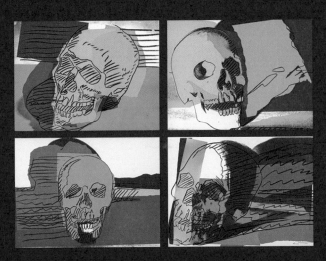

〈해골(Skulls)〉 *자신의 처지를 치환시킨 작품

⟨25 Cats name Sam and One Blue Pussy⟩
고양이 그림책을 어머니가 지인들에게 선물하기 위해 190부만 한정 제작하였다고 한다.

"삶은 그들 자신 스스로를 반복함과 동시에
변화는 이미지의 연속 아닌가?"

미술가란 단지 하나의 기억일 뿐이나
어떻게 반복이 아니더라도
명성은 무조건 좋은 것이다.
나는 똑같은 그림을 그리는 것이 좋다.
내가 마음대로 할 수 있다면
매일 캠벨수프 깡통을 그리겠다.
그건 너무 쉬운 일이고
생각할 필요조차 없으니까
생각하는 일은 도무지 너무나 힘이 드니까

앤디 워홀이 살아가는 이유와 방식을 대변해주는 말인데 그가 철저한 상업주의자로서 평생 명성과 부를 쫓았다는 것은 널리 알려진 사실이다. 그러나 전통적인 미술가들에게는 받아들일 수 없는 지나친 상업주의와 출세지상주의라는 비판을 면할 수는 없을 것이다. 미학적 가치에 배치되는 이러한 워홀의 인식에서 팝아트의 성공적인 데뷔를 엿볼 수 있으리라 짐작이 된다.

"의미가 없는 그림은
감상자들은 강요받는 느낌 없이
그림을 볼 수 있어 더 많은 해석과
더 많은 관심을 불러왔다."

앤디 워홀(Andy Warhol, 1928~1987)

유독 동물을 사랑한 앤디 워홀은 멸종 위기에 처한 동물들 시리즈를 그렸고, 작업 영역을 넓혀 고객들의 반려동물을 그려주기도 했다. 고양이 애호가였던 워홀은 실제 16마리의 고양이를 키웠는데 나중에 취향이 바뀌어 강아지만 좋아했다고 전해진다.

팝아트의 선구자로서 상업미술 영역에 지대한 공헌을 한 인물로서 미국을 상징하는 소재와 인기 있는 유명한 인물을 미술에 접목하여 1960년대 미국 문화와 예술에 지대한 영향을 끼쳤다.

Katze

클림트의 쌍둥이 영혼

캇츠

오스트리아의 화가 구스타프 클림트는

어렸을 때부터 예술적 감성을 드러냈다.

비록 초기 작품에서는

당시 사람들의 취향에 따라

어두운 색상의 사실적인 장면들을 그렸지만,

독립적인 작품 활동을 시작하면서는

빛이 잘 들어오고 자연으로

둘러싸인 작업실에서

창조적 자유를 마음껏 누렸다.

그는 복잡한 도시 중심가에서 벗어나 경직된 예술 규칙에서 벗어날 수 있는 환경을 만들어갔다. 얼마 지나지 않아 잎이 우거진 작업실 정원에는 여기저기 나무를 타고 오르는 고양이들이 살기 시작했다. 그들은 그의 작업실에 자유로이 드나들거나, 여성 모델들 위를 지나다니거나, 클림트가 사방에 흐트러뜨린 수백 장의 스케치 작품과 놀았다.

고양이는 신이 빚어낸
최고의 걸작품이다.

THE SMALLEST FELINE IS A MASTERPIECE.

-레오나르도 다빈치

이 화가는 그들의 응석을 받아주고 자주 쓰다듬어 주었는

데, 특히 그곳의 또 다른 주인이었던 캇츠(Katze, 독일어로 '고

양이'라는 뜻)를 유독 아꼈다. 솔직히 말하자면, 그들 사이에

는 비슷한 점이 많았다. 검은 털에 흰 얼룩점이 있던 캇츠는

스스럼없이 여성 모델들 몸 위를 자유롭게 지나다녔고, 클

림트는 작업실에 도착하면 옷을 다 벗고, 헐렁한 작업복만

입고 지냈다. 고양이의 자유분방한 모습 덕분에 그는 기존

의 기하학적 모양과 표현에서는 한 번도 보지 못했던 새로

운 이미지들을 만들어낼 수 있었다.

한편, 이 예술가는 고양이들처럼

자기만의 영역을 정해 놓아서

그 작업실에 들어오는 사람이 거의 없었다.

또, 그의 작품에는 고양이 오줌 냄새가 지독했는데,

클림트가 고양이 오줌을 스케치에 스며들게 해서

정착액으로 사용했기 때문이다.

한 마리의 고양이처럼 예민하고
매혹적인 그는

맑은 눈으로 그와 작업한
여러 여성 모델들을 유혹했고,

그는 그녀들에게서 영감을 얻어 부드럽고 매력적이며
마법 같은 세상을 그렸다.
또, 캿츠처럼 클림트도 많은 자손을 남겼다.

이 고양이는 꽤 오랫동안 클림트와 함께하면서,
그가 화가로서의 성공을 거두게 된
<키스(연인)>와 같은 위대한 작품들을
그리는 모습을 지켜보는 특권을 누렸다.

<키스(Kiss, 2006 ⓒBLU-RAY 2015)> 영화 <우먼 인 골드> 중에서
*신화적이고 몽환적인 추상화

〈베토벤 프리즈(Beethoven Frieze)〉 *괴물(티폰-용의 머리에 뱀의 하반신)

이 작품은 1902년 오스트리아 빈, 비엔나 분리파 전시관에서 베토벤 교향곡 9번 (4악장)을 모티브로 전시회가 열렸는데 클림트는 그리스 신화에서 착안하여 왼 쪽 벽면에는 '고통 받는 나약한 인류의 평화(구원)', 즉 행복을 염원하는 뜻을 상 징적으로 표현하였으며, 가운데 벽면에는 '인류의 염원에 적대적인 세력들의 욕 망(힘)'을 표출하고 있으며, 오른쪽 벽면에는 '행복에 대한 열망'을 꿈꾸는 이상향 을 키스로 완성시키고 있다.

아, 인간이여! 귀 기울여라!
깊은 한밤중은 무엇을 말하고 있는가?
. . . .

세계의 슬픔은 깊다.
욕망은 고통보다 더 깊다.
슬픔이 말한다. 사라져라, 죽어라!
하지만 욕망은 영원하고 싶어하지.
깊고도 깊은 영원성을 원한다네!

─〈짜라투스트라는 이렇게 말했다〉 중에서(프리드리히 니체)

"꽃이 없어 꽃을 그려드립니다.
클림트의 영원한 베아트리체
에밀레 플뢰게에게,
구스타프 클림트"

클림트가 에밀레 플뢰게에게 보낸 엽서그림

에밀레 플뢰게는 클림트에게 아직까지도 영원한 뮤즈로 남아 있다. 앤디 워홀에게 에디 세즈윅이, 모딜리아니에게 잔 에뷔테른이, 살바도르 달리에게 갈라 달리가, 존 레논에게 오노 요코가 있었다면 클림트에게는 에밀레가 있었던 것이다.

클림트에게 에밀레 플뢰게는 정신적 지주로서 영혼의 동반자(소울 메이트)이고, 플라토닉 사랑의 대상이었다. 사돈처녀인 플뢰게는 17세 연하였지만 사랑, 그림, 예술, 삶 등에 관하여 고민을 털어놓았으며, 400통이 넘는 편지와 엽서를 보냈다. 죽기 직전까지도 함께 하였으며, 사후에도 클림트가 남긴 사생아에게 재산을 골고루 분배해주었다고 한다.

구스타프 클림트 (Gustav Klimt, 1862~1918)

소탈하고 내성적이었던 이 위대한 예술가는 단 한번도 자
화상이나 키우던 고양이를 그린 적이 없었다. 그가 무슨 생
각을 하는지 아는 사람이 거의 없었는데, 작품으로만 자신
을 표현하길 바랐고, 글을 쓰거나 인터뷰를 좋아하지 않았
기 때문이다. 또한 사생활을 노출하지 않았기에 후세의 사
람들은 클림트를 '수수께끼 같은 화가'라고 불렀다.
클림트는 비잔티움의 미술과 프로이트의 '꿈의 해석'에서
모티브를 얻었으며, 또한 니체의 심미주의와 미학지상주의
에 깊은 공감을 표하기도 했다. 현대의 대표적인 디자이너
인 디올, 샤넬, 이브 생로랑은 클림트의 작품세계에서 영향
을 받았다고 한다.

Pinka

버지니아 울프의
영감을 채워준

핀카

버지니아 울프는 20세기 문학의

대표적인 모더니스트의 한 명이자,

삶의 모든 분야에서 여성의 권리를 위해 싸웠던

페미니즘의 선구자요 혁명가였다.

이미 어렸을 때부터 그녀는 행복하게 할 수 있는

두 가지 일을 발견했는데,

그것은 바로 글쓰기와 개를 키우는 일이었다.

그녀는 어린 시절 사냥개의 일종인 셰그(Shag), 제리(Jerry), 양치기 개의 일종인 구르스(Gurth)라는 개들을 잇달아 키웠다. 어른이 되어서는 보호센터에서 한스(Hans)라는 복서(싸울 때 권투선수처럼 앞발을 씀)를 입양했고, 이후에는 〈델러웨이 부인〉에 등장하는 그리즐(Grizzle)이라는 테리어종('땅이나 흙'이라는 뜻)인 혼혈견을 키웠으며, 그 다음으로 핀카(Pinka)를 키우게 되었다.

핀카는 작가인 비타 색빌웨스트가
1926년에 선물로 준 혈통서가 있는
코커스패니얼('도요새를 잡는 개'라는 뜻)이었다.

버지니아는 그 귀족적인 개들이
런던 사회의 거만한 귀족들과 닮았다고 생각했다.
그래서 핀카가 귀족 같은 생활 대신 보통의 개처럼
생활하면 더 행복해질 거라고 생각하고
그렇게 해주기로 마음먹었다.

그래서 들판에서 산책시키고
진흙으로 몸을 더럽히거나,
강에서 몸을 씻겼다.

〈플러시〉 *핀카에게 영감을 받은 소설

한동안 이 작가는
깊은 슬픔의 기간을 보냈다.
의욕 없이 하루하루를 누워만 보내던 시기에
그녀 곁에는 늘 핀카가 있었다.

그녀는 핀카가 가까이 있을 때
마음에 안정을 얻었다고 한다.

그리고 서서히 건강을 회복하게 되자
몽크스 하우스라는 시골집과 런던을 오가며 지냈으며,
비가 오는 날이나 추운 날이나 상관없이 핀카와 함께
오랫동안 산책을 하곤 했다.

이러한 시간들은 그녀가 책을 쓰는 데
큰 영감을 주었고 삶에 힘이 되어주었다.

사람 보는 눈이 뛰어난 지혜로운
아가씨들처럼 고양이들은
언제나 좋은 사람에게
갈 것이라는군요.
- 버지니아 울프

Kind old ladies assure us that

cats are often the best judges of character,

a cat will always go to a good man, they say.

심지어, 핀카는 그녀의 한 작품에서는 뮤즈로 등장하기도 하였다. 버지니아는 시인인 엘리자베스 배릿이 키우는 코커스패니얼 종인 플러시(Flush)의 관점에서 그 시인의 전기를 재미있게 쓰고 싶었다. 하지만, 그 개에 대한 정보가 적어서, 거의 자신의 개를 바탕으로 쓸 수밖에 없었다. 결국, 플러시라는 캐릭터에 핀카에 대한 내용이 많이 포함되어 있는데, 표지에는 핀카의 사진이 들어갔다. 이것은 그녀가 기존에 출간했던 책들처럼 깊이가 있는 작품은 아니었지만, 놀랍게도 큰 성공을 거두었다. 그러나 2년 후, 1935년 핀카가 갑자기 죽게 되었다. 그녀에게 핀카는 절대 잊을 수 없는 사랑이자 8년간 함께 했던 친구 자체였다. 또한 그녀도 모르는 사이에 핀카는 글을 쓰는데 너무나도 큰 역할을 하고 있었던 셈이다. 버지니아는 그 당시 일기에 그녀의 삶의 일부가 몽크스 하우스의 정원에 묻혔다고 썼고, 같은 해 1941년 그녀도 한 줌의 재로 돌아갔다.

"사랑하는 당신, 당신께 말하고 싶어요

당신이 내게 완전한 행복을 주었다는 것을.

그 누구도 당신보다 더 잘해줄 수는 없었을 거예요. 믿어주시겠죠

하지만 나는 이 병을 결코 이길 수 없다는 걸 알아요.

나는 당신의 삶을 소모시키고 있어요. 이 광기가 말이죠!

내가 하고 싶은 말은 이 병이 오기 전까지는

우리는 완벽하게 행복했다는 거예요. 모두 당신 덕이에요.

아무도 당신만큼 잘해주지는 못했을 거예요.

맨 처음 그날부터 지금까지.

그건 누구나 다 아는 사실이에요"

—남편을 향한 마음을 털어놓은 일기 중에서

열세 살이 되던 1895년 어머니를 잃은 충격으로 인하여
처음 신경증 증세를 보인 후
수차례의 정신 질환과 자살 기도를 경험한 버지니아 울프는
20세기 영국 문학의 대표적인 모더니스트로서 뛰어난 작품 세계를 일궈놓은
페미니스트의 선구자 역할을 하였다.
조이스 프루스트와 함께 '의식의 흐름'의 대가라 불리는 울프는
이 실험적인 기법을 통해 인간 심리의 가장 깊은 곳까지 파고든 작가로
오늘날까지 칭송받고 있다.

남편 레너드 울프는 아내를 위해 출판사를 차렸고

아내의 작품 대부분을 출간해 주었다.

그는 공무원생활을 그만두고 오로지 버지니아 울프를 위해 사랑도 포기한 셈이었으니까

버지니아의 울프의 유서에는 자신의 정신질환이 악화되어

남편인 레너드에게 짐을 덜어주기 위해 어쩔 수 없는 선택을 할 수밖에 없다는 내용과

레너드 울프를 사랑한다는 말을 남겨두었다.

버지니아 울프의 삶과 문학에서

남편인 레너드 울프는 결코 빼놓을 수 없는 존재였다.

아델린 버지니아 스티븐 울프

(Adeline Virginia Stephen Woolf, 1882-1941)

반려동물 핑카와 함께한 많은 산책은 그녀가 생각하고 그것들을 정리하는 데 도움이 되었다. 그녀는 걸을 때마다 큰 목소리로 긴 문장을 읊조렸고, 이후에 그것을 타자기로 옮겼다. 케임브리지 대학 뉴넘 칼리지에서의 강연을 토대로 한 에세이 〈자기만의 방〉(1929)은 큰 반향을 불러일으키며 훗날 페미니즘의 교과서로 추앙되었다.

Grip

에드가 앨런 포의 시에 영감을 준
디킨스의 까마귀

그립

올리버 트위스트와 같은 잊을 수 없는 캐릭터를 만든

영국 작가 찰스 디킨스의 반려동물이

멋진 '캐릭터'를 가졌다는 것은

어쩌면 당연할 일일 것이다.

까마귀 그립(Grip)은 한 친구가 공원에서 발견해서

디킨스의 삶으로 들어오게 되었다.

작가는 그 까마귀를 입양한 후

잘 키우고 싶은 마음이 너무 커서 까마귀에게

이것저것 가르치고 그들의 몸짓과 소리, 말을 따라하면서

의사소통 방법까지 배웠다. 그립은 날개를 펄럭이고

'까악~ 까악~' 소리를 내며

기쁨을 표현했고, 그가 먹이를 주려고 하면

주인의 발 앞까지 깡충깡충 뛰어와 입을 벌렸다.

이러한 까마귀에게 반한 작가 애드가 앨런 포는
그림에게 영감을 얻어
가장 유명한 작품 중 하나인
〈갈까마귀(The raven)〉라는
시까지 썼다고 한다.

언젠가 쓸쓸한 한밤중
내가 피로와 슬픔에 젖어
잊혀진 전설의 기묘하고 신비로운
이야기책을 떠올리다가
선잠이 들어 머릴 꾸벅일 때
갑자기 들려왔지
문 두드리는 소리가-.
누군가 살며시
나의 방문을 두드리는 소리.
·······(중략)······
나의 영혼은
그 그림자를 떠나서는
두 번 다시 들리우지 못하리라-.
"이젠 끝이야."

−앨런 포의 〈The Raven〉이라는 시에서

그의 가족들도 그립을 자랑스럽게 여겼다. 그래서 그의 자녀들은 그가 쓰는 이야기들 속에 그립을 넣어 달라고 애원하기도 했다. 그래서 디킨스는 소설 <바나비 러지>라는 작품에서 그립을 등장시키곤 했다. 어리석기 짝이 없는 한 청년이 유일하게 가지고 있는 지식은 까마귀 그립에 관한 내용뿐이었다. 그래서 이 작품을 들여다보면 위아래로 흔드는 그립의 전형적인 움직임과 의자 뒷면에 쓰인 문구를 말할 때 내는 쉰 목소리를 낸다든가, '우아한 신사의 걸음'으로 그에게 다가오도록 손을 뻗는 작가의 일상적 몸짓 등을 엿볼 수 있다. 그는 도저히 '그 동물이 새인지 악마인지 모르겠다.'라고 말하기도 했다.

실제로 그립은 아주 독점력이 강해서 그의 자녀들 발목을 부리로 쪼아가면서까지 자기 자리를 꼭 지켜냈다. 그래서 때때로 그립은 마구간에서 벌을 받았고, 그럴 때면 말 등에서 자는 걸 좋아했다. 하지만 집에서 일하던 페인트공들이 쓰고 남겨둔 페인트를 먹고 죽음을 맞이했다. 죽기 직전 그립은 가장 좋아했던 <안녕, 아줌마!>라는 말을 마지막으로 남겼다고 한다. 디킨스는 까마귀의 비문에 슬프고도 아이러니한 글을 넣었다.

"그럽은 언제나 바르고 침착하게 그리고 전혀 존경받지 못할 이기적인 행동을 했다…"

디킨스는 영감을 찾아, 때로는 불면증과 싸우며, 때로는 애완까마귀 '그럽'과 함께 밤낮으로 수 킬로미터를 돌아다녔다.

"고양이에게 사랑받는 일만큼 즐거운 일도 없다."

디킨스는 이런 말을 남길 정도로 고양이도 아주 좋아했다. 그에 관한 일화인데 글을 쓰는 도중 기르던 고양이 '미티'가 잠을 자려고 야옹거리자 글을 쓰는 것을 멈추고 고양이를 재워준 후 글 쓰는 일을 했는데, 고양이가 잠을 깨서 곁에서 보채자 할 수 없이 그냥 고양이를 재워주며 자신도 잠이 들었다고 한다. 유언장에서도 기르던 고양이들을 위탁하여 양육하는 일이나 그것에 대한 비용처리라든지 이미 이러저러한 준비를 다해놓았다고 한다.

"내가 백 년을 산다 해도… '픽윅'에 대해 느끼는 것만큼 자부심을 느낄 수는 없을 것이오."

-찰스 디킨스가 출판업자에게 한 말 중에서

24살 무렵 잡지에 〈픽윅 페이퍼스〉라는 장편소설을 20회에 걸쳐 연재하면서 영국인들에게 호감을 얻게 되었는데, 이 무렵에 쓴 〈올리버 트위스트〉로 일약 스타덤에 오르게 되었다.

"작가라면 독자를
웃기고 울리고
애타게 만들어라."

찰스 디킨스의 이러한 작가로서의 소명의식이 결국 독자들에게 공감을 불러오지 않았을까? 특히 그의 통속성이 폭넓은 독자층을 형성하였을 것으로 본다. 소설이 발생한 이래 디킨스만큼이나 대중적 인기를 누린 작가는 없었다고까지 평가되곤 하는데 여왕으로부터 최하층의 빈민까지 디킨스의 열렬한 독자들은 매달 그의 작품이 연재되는 날을 손꼽아 기다렸다고 한다.

찰스 디킨스(Charles Dickens, 1812-1870)

셰익스피어 못지않게 명성을 누린 디킨스는 영국에서 태어났으며, 탄생 후 2세기가 지난 지금도 여전히 우리의 마음을 사로잡고 있다. 특히 그는 대중적이면서도 사회비평적인 관점의 소설을 써서 사람들에게 많은 호응을 이끌어냈다.

디킨스는 그림이 죽자 곧바로 박제로 만들었고, 현재 그것은 미국 도서관 협회가 문학적 기념물로 선포해 필라델피아 미술관에서 소장하고 있다.

Caiman

도로시 파커의 기행이 빚어낸 선물

카이만

시인이자 단편 소설가,

문학 비평가 및 시나리오 작가인

도로시 파커에게 학교를 졸업하지 않았다고

말할 사람은 아무도 없을 것이다.

그녀는 불행한 유년 시절을 보냈고 아주 어렸을 때

고아가 되었으며, 스무 살 나이에 생계를 위해

일해야 했다.

그녀는 1920년대 뉴욕 사회에서

누구도 대항할 수 없는

전설적인 비평가가 될 때까지,

그리고 1930년대 할리우드의 위대한

시나리오 작가가 될 때까지

할 수 있는 한 많이 읽고 쓰면서

자신의 부족한 학업을 차곡차곡 채워나갔다.

이력서

면도날은 통증이 극심하고;
강물은 너무 축축하고;
염산은 얼룩상처를 남기고;
약물을 사용하면 복통을 일으키지.
총기는 불법이 아닌가;
빗줄을 줘;
가스 냄새는 너무 지독해;
그러니 차라리 살아 있는 게 나을지 모르지.

−도로시 파커의 〈Resume〉자살에 관한 풍자시

교양 있고,
세련되며
독립적인 성격의
그녀는 단편 소설들 속에
재미있고 독창적인 대화체와 동물,

특히 개와 말을 아주 좋아하는
기상천외한 작가로 유명하다.

그녀는 길 잃은 개를
보살피는 일을 좋아했고,

동네에서도 평범한 개들과
사이좋게 지내면서 특별한
우정을 나누었다. 도로시 파커의 삶 가운데
애인과 개, 그리고 술(Gin) 빼고는
얘기할 수 없을 정도였다고 한다.

그녀는 어떤 기사에서
말이란 동물을 너무 입양하고 싶지만,
건물의 엘리베이터 관리자가
말이 들어가지 못하게
막을 것이라고 쓴 적도 있다.

가장 유명한 일화 중 하나는 누군가 택시에 두고 간 새끼 악어 두 마리를 임시로 입양한 일이었다. 당연히 그 악어들은 그녀 맘에 쏙 드는 반려동물은 아니었다. 첫 번째 이유는 악어가 1년 사이에 150 *cm*가 채 안 되는 도로시의 키와 똑같은 크기가 되었기 때문이고, 또 다른 이유는 그들의 30년이라는 평균 수명이 그 무엇에도 얽매이지 않기 위해 호텔 생활을 원했던 그녀에게는 너무 오랜 기간이었기 때문이다. 그녀가 욕실에서 이 악어 두 마리를 키우겠다고 결심했을 때, 집 청소를 해주던 하녀는 그런 결정을 받아들일 수 없었으므로 다음 날 아침 그녀는 "사랑하는 부인, 저는 악어들이 있는 이 집에서 일할 수 없어서 떠납니다. 전에도 떠난다는 말을 하긴 했지만, 이런 이유로 떠나게 될 거라고는 단 한 번도 생각하지 못했습니다."라는 메모를 남겨두고 떠났다.

Dorothy Parker
American Writer 1893-1967

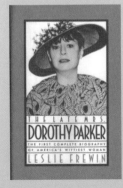

THE LATE MRS.
DOROTHY PARKER
THE FIRST COMPLETE BIOGRAPHY
OF AMERICA'S WITTIEST WOMAN
LESLIE FREWIN

"먼지를 일으켜 죄송합니다."

도로시는 자신의 비문에 뭐라고 쓸 것인지 묻는 면접관에게 "먼지를 일으켜 죄송합니다."라고 대답하여 그 자리에서 곧바로 채용되었고 베너티 페어에 신랄한 평론을 기고해 유명해진 후 1930년대 뉴욕을 주름잡던 비평가이자 시인이 되었다. 평생 알코올 중독자로 살았고 남자관계가 복잡한 것으로 유명했던 도로시 파커의 묘비의 비문에는 지금도 "먼지를 일으켜 죄송합니다!"라고 적혀 있다.

우리가 세상을 살아가면서 이념과 가치 판단에 의해 서로서로 등을 지기도 한다. 이럴 때 가치를 유보할 줄도 아는 것, 흑백논리에서 한발자국 물러날 줄 아는 지혜가 필요하다. 인간은 진리를 사랑하고 쫓을 때 가장 인간다워지기 때문이다.

사랑은 손안에 있는 수은과 같다. 손을 펼쳐두면 수은은 그대로 머물지만 잡으려고 움켜쥐면 손가락 사이로 빠져나간다.

신이 돈에 대해 어떻게 생각하는지 알고 싶다면, 그가 돈을 어떤 사람에게 주는지 살펴보라.

도로시 파커는 마음이 아플 때마다 농담을 했다. "상처받은 여자의 혀는 칼이 된다."

오, 인생이란 노래의 무한 반복이며, 즉흥연주와 같은 메들리다. 그리고 사랑은 절대 잘못될 수 없는 것이다. 그리고 나는 루마니아의 마리다.

아이들을 집에 있게 하는 가장 좋은 방법은 집안 분위기를 즐겁게 만들고 자동차 타이어에서 공기가 빠져나가도록 하는 것이다.

아름다움은 오직 피부의 두께뿐이다. 그러나 추함은 뼈 속까지 파고들어간다.

도로시 로스차일드 파커

(Dorothy Rothschild Parker, 1893 – 1967)

도로시는 뮤지컬 영화 〈스타 탄생 A Star Is Born〉의 시나리오 작가로 유명해졌는데 2차 세계대전 뒤 반공주의에 대항했던 좌파주의 운동가였고, 흑인들을 대변해주는 인권운동가이기도 했다.

도로시와 동물들의 관계는 그저 다정한 관계일 뿐, 그녀는 그들을 돌보는 일에 크게 신경 쓰지 않았다. 실제로 그녀는 아이들과 그다지 많은 시간을 보내지 않았다. 만일 그녀가 키우던 강아지들처럼 그들에게 먹이를 주지 않고 내버려뒀다면, 그녀의 인정 많은 행동은 전혀 예상치 못한 결과를 낳았을 것이다.

Babou

살바도르 달리의
표범무늬 고양이

바부

스페인의 초현실주의 화가인
살바도르 달리는 기발하고도
상상력 넘치는 예술가의 삶을 추구하였다.
그가 그린 그림들은 마치 녹아내리는 듯한
시계들과 곤충 다리가 달린 코끼리들,
물고기에서 나온 호랑이 등이 나오는데
마치 이상한 꿈과도 같았다.

다른 초현실주의자들과 마찬가지로
그는 자기 성격에 딱 맞게 생각하고
사람들의 마음을 움직이게 하는
자신만의 방법을 찾아냈다.
그는 사람들에게 주목받는 걸 아주 좋아했다.

⟨기억의 영속(The persistence of memory), 1931⟩
ⒸSalvador Dalí, Fundació Gala-Salvador Dalí, SACK, 2020

그가 개인 비서인 대위 출신 존 무어가 선물로 준 오실롯(표범과 비슷한 무늬가 있는 야생 고양이)인 바부(Babou)를 줄에 묶어서 산책한 것만 봐도 그런 성격을 쉽게 알아차릴 수 있다. 바부는 미대륙 열대 우림에 사는 작은 표범이었고, 달리는 그와 포즈를 취하는 걸 좋아했다. 그럴 때면 바부는 아주 위엄 있는 자세를 취하곤 했다. 그는 저자 사인회를 갈 때면 책상 위에 바부를 앉혔고, 식당에 갈 때는 꼭 옆에 그를 앉혔다. 한번은 바부를 본 의뢰인이 겁을 먹자, 그는 일반 고양이인데 야생 고양이처럼 보이려고 직접 무늬를 그린 것뿐이라며 그녀를 안심시켰다.

그는 아내 갈라와 무어, 반려동물인 바부와 함께 프랑스에서 미국까지 호화 유람선을 타고 여행을 많이 했는데, 여기에는 카펫이 깔린 동물 방, 동물 전용 복도가 따로 있는 등의 서비스가 별도로 제공되었다. 하지만 달리는 바부를 외부 바깥세상으로 데려가는 걸 좋아했고, 당연히 그 주변에는 소란이 일어날 수밖에 없었다. 바부는 다른 반려동물처럼 행동하긴 했지만, 야생적인 모습을 감출 수가 없었다. 그들이 파리의 한 호텔에서 묵었을 때, 바부의 발톱은 짧은 상태였다. 하지만 바부는 발톱을 뾰족하게 갈기 위해서 가구와 카펫을 엉망으로 만들어버렸다. 그런 사치스러운 생활은 달리의 꿈이었을 뿐, 바부는 실크 소파 위에서 자는 게 그리 편하지 않았던 것 같다. 그래서 바부가 그 방에서 탈출해서 호텔 여기저기를 돌아다니며 사람들을 공황상태에 빠뜨렸다. 다행히도 무어가 바부의 여자 친구로 보바를 데리고 왔지만, 이 두 야생 고양이와 함께 하는 여행은 더 힘들 수밖에 없었다. 결국, 그들은 배 안에 있는 반려동물 보호소에서도 쫓겨났다. 개들의 짖는 소리와 고양이들의 울음소리는 마치 "여기에서 저 야생의 것들을 당장 쫓아주세요!"라고 외치는 것만 같았다. 1980년대 달리가 무어와 관계를 끊게 되면서, 무어는 바부와 보바를 데려 갔고, 그 후로 달리와 바부가 함께 찍은 사진은 더 이상 나오지 않았다.

〈보이지 않는 잠자는 여인, 말, 사자(Lion, cheval, dormeuse invisible), 1930〉

**"나는 편집증적이고 적극적인 정신을 촉구함으로써 혼란을 체계화하고,
그리하여 현실을 전적으로 불신할 수 있는 때가 임박했다고 생각한다."**

〈악취 나는 엉덩이〉 *달리의 에세이 중에서

〈달리와 갈라〉

"내 어머니보다,
내 아버지보다, 피카소보다도…
그리고 심지어, 돈보다,
갈라를 더욱 사랑한다.
그녀가 나를 치유했다."
– 달리의 뮤즈 예찬 중에서

살바도르 달리 (Salvador Dali, 1904-1989)

그는 예술과 기행들로 인하여 세상에서 가장 유명한 예술가가 되었다. 그는 말을 타고 호텔 방으로 들어가거나, 오실롯 고양이와 산책을 하곤 했다. 하지만 예상만큼 그다지 이 동물들이 사람들의 관심을 받지 못하자, 급기야 70년대 말에는 거대한 개미핥기를 줄에 묶어서 파리 거리를 활보한 적도 있었다.

Bibo

아인슈타인의 이색적인
생일 선물 소포

비보

"안정감을 잃어가며
성공을 쫓기보다는
조용하고 겸손한 삶을
사는 것이 더 큰 행복이다."
-아인슈타인 명언 중에서

어떤 사람들은 자신의 반려동물이 '천재'임을 강조하기 위해 '아인슈타인'이라는 이름을 지어주곤 한다. 물론 이 독일 물리학자는 누가 봐도 진짜 천재였다. 그는 어머니에게 음악에 대한 사랑과 유머 감각을, 아버지에게 과학에 대한 열정을 물려받았다. 그는 수줍은 아이였지만, 싫어하는 과목을 공부하지 않아 일부 과목에서 낙제한 것만 빼면, 훌륭한 학생이었다.

학교를 졸업하고 원하는 직업을 얻지 못했지만, 다행히도 과학 이론을 연구하는데 충분한 시간이 생겼고, 그 결과 1921년 노벨 물리학상을 받게 되었다. 그는 이 상으로 세계적으로 유명해졌지만, 조국인 독일에 나치주의가 시작되면서 미국으로 떠날 수밖에 없었다. 물론 미국에 가서도 명성을 얻었지만, 그는 그러한 상황을 그렇게 좋아하지는 않았다. 오로지 함께 사는 강아지 치코(Chico)와 고양이 타이거(Tiger)만 그를 평범한 사람으로 대해주었다. 그는 치코가 아주 똑똑하다고 생각하며 이렇게 말했다.

"그는 내가 우편물을 많이 받는 걸 불쌍하게 생각해. 그래서 집에 오는 집배원을 물어뜯으려고 하지."

그는 일흔다섯 생일날
많은 선물과 함께 축하를 받았는데,
한 소포를 열었을 때 그 안에서
예상치도 못한 앵무새 한 마리를 발견했다!
며칠 후 그는 비보(Bibo)라고 부르던
그 새가 우울하다는 걸 눈치를 챘다.

그리고 보통 이런 새들은
어떤 변화나 충격적인 경험을 하면
이런 모습을 보인다는 걸 눈치를 차리게 되었다.
어떻게 소포 안에 앵무새를 넣어 보낼
생각을 한 걸까!

이 불쌍한 비보는 아무것도 먹으려고 하지 않았다.
불쌍한 마음이 들었던 아인슈타인은
인내심을 갖고 손으로
직접 먹이를 먹여주었을 뿐만 아니라,
거기에 뭔가를 더해주기로 마음먹었다.

그는 이내 앵무새의
기분을 좋게 해주기 위해서는
농담만 한 게 없다고 생각했다.

비록 비보는
그가 무슨 말을 하는지
이해하지 못했지만,

새로운 주인에게 관심을 가지기 시작했고,
그의 독특한 농담을 계속 들어주었다.
그리고 그의 많은 웃음은
그 새의 마음 치료에 도움이 되었다.

다시 한번 아인슈타인은
그가 가장 좋아하는 일이
무언가 문제를 해결하는 일임을
분명하게 알아차렸고,
우주와 빛에 이어 반려동물에 관한 문제까지
해결하기에 이르렀다.

"나에게 신이란 우주만물에 대한
나의 경외감이다.

내게 신이라고 하는 단어는
인간의 약점을

드러내는 표현이나
산물에 불과하다."

아인슈타인의 종교적 견해나 태도는 불가지론자였다.
유대교와 기독교 세계관의 야훼를 부정하였으며, 자유
의지의 존재도 확인되지 않았다는 이유로 믿지 않았고
생명체의 사고는 주로 환경에 의해 결정된다고 믿었다.

알버트 아인슈타인 (Albert Einstein, 1879-1955)

아인슈타인의 관찰 능력과 호기심
그리고 지적 능력 덕분에 우리는 우주의 구조 또는
가장 작은 물질인 원자 안에 숨겨진
거대한 에너지와 같은 복잡한 것들을 이해하게 되었다.

아인슈타인은 위대한 천재 물리학자로서
과학의 아이콘으로만 알고 있지만
그의 말년에는 물리학계로부터 외면을 당하고
외롭고 쓸쓸하게 보냈다.
그의 잘못된 결정과 오만 탓이다.
그는 동물을 무척 사랑했다.

미국으로 이주한 뒤에는
개와 고양이 그리고 앵무새를 길렀으며,
취미로는 퍼즐과 편지쓰기,
악기 연주, 음악 감상, 독서,
요트 타기 등 다양했다.

Yofi

정신분석가인
프로이트의 조수

조피

"개는 사람과
흡사하지만,
오히려 더 낫다."

지그문트 프로이트는

인간의 행동과

정신 문제의 근원을 연구한

오스트리아의 의사였다.

그는 자기만의 정신분석이론을 정립하였고 사람들이 전에

는 하지 않았던 치료법들을 제시하였다. 예를 들어, 환자들에

게 최면을 걸고 그들의 꿈을 해석하기도 했다. 일흔 살쯤 존

경받는 의사 프로이트가 인간의 정신에 대해 거의 모든 것을

알았다고 생각했을 즈음, 개가 사람들에게 긍정적인 영향을

미친다는 사실을 발견했다.

히브리어로 '아름다움'을 의미하는 쪼피(Yofi)는 그가 특별히 아끼는 반려견이었다.

아름다운 붉은 머리에 사자를 닮은 차우차우(오랜 역사를 가진 중국 순수혈통의 개로 귀여운 용모와 주인에 대한 충성심을 가진 것으로 유명함)는 매우 독점력이 강해서 그가 키우던 같은 종의 강아지인 룬(Lun)에게 질투가 너무 심했다. 결국 이 정신분석가는 룬을 보호하기 위해 키우던 사람에게 다시 돌려보내야 했다.

그로 인해 1930년부터 쪼피는 그 집에서 여왕처럼 굴림하며 상담가의 뛰어난 조수가 되어주었다. 훌륭한 연구자였던 프로이트는 그 개가 환자들의 냄새를 맡으며 그들의 감정을 알아차리는 것과, 그들의 마음속에 숨겨진 긴장감을 느끼면 그르렁거리며 책상 아래로 들어가는 모습을 관찰했다. 치료하는 동안에는 환자들이 자유롭게 말할 수 있도록 편안함을 느끼게 해주는 것이 더 중요했다.

그래서 그는 환자들을 긴 의자에 눕혔는데,
그럴 때마다 조피는 그들 가까이 바닥에서
웅크리고 있었다.

환자들은 개의 숨소리를 들으면 진정되었고
더 솔직한 모습을 드러내보였다.
그리고 상담이 끝날 때가 되면
그가 시계를 보기도 전에
조피가 먼저 자리에서 일어났다.

이런 점에서 조피만큼 좋은 조수는 없었다.
이러한 '전문적인 협력과 분업'은
7년 동안 지속되었다.
그래서 조피가 수술을 받고 사망한 일은
정신분석학의 아버지에게 큰 고통이었다.
여기 인간 행동 연구가인 프로이트는
개들이 꼬리만 움직여도
사람들에게 긍정적 감정을
불러일으킨다는 사실을 발견했다.

"개는 훌륭하다.
우리가 생각하는 것
보다도…"

"아침에는 네 발로 걷고,
낮에는 두 발로 걸으며,
저녁에는 세 발로 걷는 것이 무엇이냐?"

그리스 신화에 나오는 스핑크스의 수수께끼 질문
인데 오이디푸스가 "그것은 사람이다."라고 대답하
여 살려주었다고 한다. 이러한 비극적인 신화에서
오이디푸스 콤플렉스(아들에게 아버지는 사회적 구속의
화신인 반면에 어머니는 그가 보호해야 할 대상이라는 심리적
상태)를 유래되었다고 볼 수 있다.

〈스핑크스와 마주친 오이디푸스〉
파브르의 작품

지그문트 프로이트(Sigmund Freud, 1856~1939)

프로이트의 집에 처음 들어온 개는 딸 안나에게 선물했던 독일 셰퍼드(독일 국견으로 각종 중요한 임무를 맡는 영리한 개)인 울프(wolf)였다. 그 무렵 그는 이 동물들에 대한 매력에 눈을 떴다. 이후 그는 조피 덕분에 환자들이 개와 있으면, 상태가 호전되는 데 도움이 된다는 사실을 발견했다.

그의 정신분석학은 달리와 피카소의 그림, 버지니아 울프와 제임스 조이스의 소설, 유진 오닐의 연극 등에 영향을 끼쳤다고 한다.

〈1925년 오스트리아 빈의 진료실에서 애완견과 함께 한 프로이트〉

Diamond

―――○――――――――――――○―――

너무나 저명한
뉴턴의 보석

―――○――――――――――――○―――

다이아몬드

영국의 수학자 아이작 뉴턴의
어린 시절은 그리 행복하지 않았다.

아버지는 그가 태어나기 전에 사망했고,
어머니는 그가 세 살 때
조부모 집에 그를 맡겨두고 떠났다.
그래서 그는 그곳에서
혼자 많은 시간을 보내야 했고,
학교에서도 말을 많이 하지 않는 학생이었다.

하지만 그의 머릿속에는 늘 아이디어들로 가득했고

복잡한 장치를 만드는 일을 즐겼다.

그는 아버지의 농장을 맡기로 했지만,

그 일은 그와 맞지 않았다.

그래서 케임브리지의 트리니티 칼리지에 입학하였고,

거기에서 놀라운 수학과 기계 및 광학 이론들을 세우게 되었다.

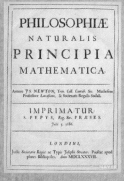

〈프린키피아〉*표지

동물권이 우리보다 진보한 유럽이나 미국에서는 일상생활에서 동물에 대한 배려를 엿볼 수 있다. 그중 하나가 캣도어(cat door) 또는 펫도어(pet door)로 불리는 동물전용 문이 있는데 펫도어에 대한 기록은 만유인력의 법칙을 발견한 영국 과학자 아이작 뉴턴의 일화에서 보인다.

뉴턴이 서재에서 연구를 하고 있으면, 그의 고양이가 안에 들여보내달라는 신호로 문을 긁어댔다.

그리고 문을 열어주면 다시 나가고 싶어 했다.
뉴턴은 문에 고양이가 드나들 만한 크기로
구멍을 뚫어줬다.
그러자 고양이보다 몸집이 큰 개가 낑낑거렸고,
뉴턴은 고양이 출입구 옆에 더 크게,
개를 위한 출입구를 만들어줬다.
결국 고양이와 개는 마음대로 드나들 수 있었고,
뉴턴은 연구에 집중할 수 있었다.

몇 가지 일화를 빼고는
그의 사생활에 대해서 거의 알려진 바가 없다.
그중 가장 사랑스러운 일화는
그가 얻은 포메라니안(북극에서 썰매를 끌던 개들의 후손으로
공처럼 둥글고 풍성하게 부풀어 오른 털이 특징)인
다이아몬드(Diamond)에 얽힌 일화이다.

그의 친구인 수학자 존 월리스의 이야기 속에 농담을 좋아하는 뉴턴의 모습이 들어있는데, 뉴턴은 자기 반려견이 너무 똑똑해서 적어도 두 가지 수학 정리 정도는 풀었을 거라고 이리저리 자랑했다고 한다! 하루는 그가 연구 관련 원고를 쓰고 있었는데 누군가 밖에서 문을 두드렸다. 그러자 다이아몬드는 연구실 여기저기를 뛰어다니며 짓기 시작했고, 뉴턴은 그 개를 안에 두고 문을 닫고 밖으로 마중을 나간 상황이었는데 그러는 사이 그 개는 왔다 갔다 하면서 책상을 밀쳤고, 그로 인해 책상 위에 있던 초가 그의 원고들 위로 넘어졌다. 그렇게 몇 년에 걸친 작업의 결과물이었던 원고가 단 몇 초 만에 몽땅 불타버렸다.

다행히도 그 당시 그의 성격은 매우 차분했고, 그때 그가 한 일이라고는 손을 머리에 얹고 소리치는 것뿐이었다.

"아 다이아몬드, 다이아몬드, 네가 지금 방금 무슨 짓궂은 장난을 쳤는지 모르겠지!"

이후 조폐국장을 맡아 왕의 재산에 손실을 일으
킨 수많은 위조범을 교수대로 보냈던 그였지만,
자기도 모르게! 돌이킬 수 없는 큰 손해를 입힌
그 동물에게는 심하게 대할 수가 없었다.

〈연구한 원고가 불타는 장면〉*

대자연과 자연의 법칙은
어둠 속에 휩싸여 있도다.
신께서 이르길, "뉴턴이 있어라!"하시매
그러자 모든 것이 밝아졌도다.
-알렉산더 포프가 남긴 뉴턴의 장례식에서 했던 조사 중에서

아이작 뉴턴 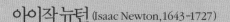(Isaac Newton, 1643~1727)

1665년 케임브리지 대학에서 공부할 당시, 그는 페스트라는 전염병 때문에 시골로 돌아가야 했다. 덕분에 그는 거기에서 자유롭게 생각하는 여유로운 시간들을 보낼 수 있었다. 그러던 어느 날 그는 나무 아래 앉아 있다가 사과가 떨어지는 것을 보고 '중력의 법칙'을 발견했다.

일설에 의하면 그는 자식을 내팽개친 어머니로부터 여성 혐오증을 얻었고, 그래서 개와 고양이도 길렀고, 말년에는 수은중독으로 우울증을 앓았다고 한다.

Lump

피카소의
개구쟁이 친구

럼프

〈피카소와 럼프(Picasso & Lump)〉 "더글라스의 책표지

피카소는 늘 집에서 개를 키우는 것을 좋아해서, 평생 열여섯 마리를 키웠다. 그는 원래 반려동물들을 살뜰하게 챙기는 주인은 아니었지만, 1957년 코트다쥐르의 한 아름다운 마을에 살았을 때, 럼프(Lump)라는 작은 닥스훈트를 만나면서 변하게 되었다. 럼프는 보도 사진가인 데이비드 더글러스 던컨(20세기를 대표하는 미국의 사진작가로 한국전쟁도 취재했고 피카소의 사진을 약 17년에 걸쳐 찍었음)이 피카소의 사진을 찍으러 집에 왔을 때 데리고 온 개였다. 그는 집에서 키우던 아프간하운드(아프가니스탄의 험한 지형에서 영양이나 늑대 등을 사냥했던 개)가 럼프를 작은 공처럼 집어 던지는 바람에 함께 둘 수 없어서 취재하던 곳까지 데리고 왔었다.

144

피카소의 집에 온 럼프는 차에서 내리자마자
정원을 다니며
킁킁 냄새를 맡기 시작했다.
그러자 피카소가 키우던
복서견인 잔(Jan)이 럼프에게 다가왔다.

하지만 다행히도 잔은 럼프를 공중으로
내던지지 않았다! 이후 피카소가 식사를 마치고
식탁에 앉아 있는데,

뻔뻔스러운 럼프가 그의 무릎 위로 뛰어와
그를 핥으며 알랑거렸다. 피카소는 그 모습을 즐거워하며
수프 접시 안에 럼프의 모습을 그리고,

그곳에 음식을 주었다.
럼프는 이미 자신만의 피카소를
소유하고 있었던 셈이다!

파블로 피카소는 화가이자 미술 교사였던 아버지에게 그림 그리는 법을 배웠다. 그는 스페인에서 미술을 공부했고, 막 20세기가 시작했던 무렵이던 열여덟 살에 파리로 갔다. 그리고 거기에서 새로운 것들을 찾아 헤매는 수많은 예술가와 함께 어울렸다. 그런 탐구 과정에서 조르주 브라크와 함께 예술의 혁명을 가져온 새로운 양식인 큐비즘(입체파의 특징인 다양한 각도에서 바라보는 관점으로 사물을 해체했다가 다시 조화롭게 접합하는 방식)을 만들어냈다.

〈모자를 쓴 여자의 흉상(Bust of A Woman with Hat), 1962〉 ⓒ 2020 – Succession Pablo Picasso –SACK (Korea)

〈아비뇽의 처녀들(Les Demoiselles d'Avignon), 1907〉 ⓒ 2020 – Succession Pablo Picasso –SACK (Korea)

〈우는 여자(Weeping Woman), 1937〉 ⓒ 2020 –Succession Pablo Picasso –SACK (Korea)

"창조의 모든 행위는
파괴에서 시작한다."
-파블로 피카소의 명언

〈시녀들(Las Meninas), 1656〉 °디에고 벨라스케즈의 대표작으로 훗날 피카소가 오마주하기도 함

더글러스가 취재 여행들을 다니는 동안, 럼프는 피카소의 집에서 지내며 그의 아내처럼 굴었다. 그는 럼프를 팔에 안고 다녔고, 침대에서 함께 잤으며, 작업실 출입도 허용했다. 그 명예로운 예술가는 럼프를 너무 사랑해서 〈시녀들〉시리즈에 그를 그려 넣기도 했다.

〈시녀들(Las Meninas, 1957)〉 *리차드 헤밀턴이 피카소의 그림을 오마주하기도 하였음

〈시녀들(Las Meninas, 1957)〉 *피카소가 다시 기하학적이고 입체적으로 색체를 가미하여 묘사함

원래 이 작품은 스페인의 화가 디에고 벨라스케스의 작품을 재해석한 것
인데, 피카소는 벨라스케스가 마스티프(가장 오래된 품종 가운데 하나로 투
견의 피가 흐르고 있는 영국 원산의 초대형 사역견)를 그렸던 자리에 대신 럼
프를 그려 넣었다. 그러나 7년 후, 럼프는 척추에 심각한 병이 생겼고, 더글
러스는 그를 슈투트가르트 한 병원으로 데려갔다. 그 후 10년간 럼프는 더
글러스와 함께 행복하게 살았지만, 1973년 피카소와 럼프의 특별한 관계
가 다시 한번 입증되었다. 럼프가 죽고 며칠 안 되어 피카소도 숨을 거두었
다고 한다.

**"모든 아이는 예술가이다.
하지만 아이가 어른으로 자라나는 동안
그 예술성을 간직하는 것이 어렵다."**

파블로 피카소 (Pablo Ruiz Picasso, 1881-1973)

개는 그의 삶의 일부였고 개를 키우지 않는 사람은 친구로 인정하지 않을 정도였다고 한다.

더글러스가 〈피카소와 럼프(Picasso & Lump)〉라는 책에 쓴 일화를 보면, 피카소가 럼프의 사냥 본능을 키워주기 위해 애쓴 장면이 있다. 그는 럼프를 위해 토끼 모양의 목각인형을 만들고 거기에 설탕을 발라서 앞에 놓아주었다. 그러자 럼프는 망설임 없이 그 달콤한 토끼를 물곤 했다.

Miss Bim

모차르트가 베풀어준
성대한 장례식의 주인공

미스 빔

"나는, 반은 허상이고,
반은 사람으로
틀린 글자 맞추기처럼
그려지고 만들어졌다."

아마데우스 모차르트는 독일의 아우크스부르크 출신의 작곡가이자 오르간 연주자인 아버지의 지도로 음악 재능을 꽃피운 작곡가이자 천재 음악가였다. 그의 아버지는 두 자녀의 놀라운 음악적 감성을 사람들에게 알리고 싶었다. 그래서 그 가족은 모차르트가 일곱 살, 누나 안나가 열한 살 무렵 주요 유럽 도시들을 도는 <모차르트, 그랜드 투어>를 시작했다. 그의 누나는 결혼 정년기가 되자 음악 순회 연주를 그만두었지만, 모차르트는 스물다섯 살까지 여행을 계속했고 빈에서 독립적인 작곡가로 자리 잡기에 이르렀다.

그러나 이로 인해 모차르트는 자주 병에 걸려 육체의 성장도 방해를 받았으며, 아버지의 세속적인 욕망은 어떻든 간에 소년 모차르트(오스트리아)에게는 고난의 여정이었음에 분명하다.

<아마데우스('신의 은총'이라는 뜻)>라는 뮤지컬에서 갓 스무 살이 넘은 청년 모차르트가 성공을 위해 음악 여행을 떠나는 것으로 시작된다.

모차르트는 어머니와 함께 떠난 여정에서 매혹적인 여인 알로이지아에게 첫 눈에 반하고 자신의 모든 것을 다 바친다.

모차르트의 뮤즈였던 알로이지아 베버는 이런 말로 자신을 소개하였다.

모차르트가 동물 세계에서 가장 음악적인 동물에게 끌렸다는 사실은 어쩌면 당연한 일이다. 사실 그의 집에는 여러 종류의 노래하는 새가 있었다. 하지만 그는 특히 1784년 빈에서 특별하게 그의 삶의 다가온 찌르레기, 미스 빔(Miss Bim *bim은 맑은 종소리의 의성어)과 함께 있는 걸 좋아했다. 어느 날 그가 집 주변 거리에 있는 새 상점을 지나는데 귀에 친숙한 노랫소리가 들렸다.

그는 당장 그 노래하는 새를 샀고, 집으로 돌아와 그 찌르레기의 노래를 악보에 옮겨 적고 나서 "아름다웠다!"라는 문구도 적어 넣었다. 그리고 그는 그 악보를 보고 무척 감격했다. 왜냐하면, 그 새가 노래했던 음악은 몇 주 전 그가 발표했던 콘서트 악보에 나왔던 곡(피아노협주곡17번 G장조 3악장)이었기 때문이다! 찌르레기가 뛰어난 가수(?)는 아니지만, 다른 새들의 노래를 아주 잘 따라 하는 새로 알려져 있다. 따라서 모차르트나 그의 콘서트에 갔던 누군가가 지나가며 휘파람을 불던 것을 그 새가 듣고 배웠을 가능성이 컸다.

"찌르레기는

. . . . . .

인간과 소통하고

. . . .

음을 따라한다."

. . . . . .

-<모차르트의 찌르레기> *동물학자이자 조류연구가인

리안다 린 홉트의 책('카르멘'이라는 찌르레기)

모차르트는 그 새를 너무 사랑해서

새가 죽자 그의 정원에서

엄숙한 장례식을 베풀어주었다.

그는 가족들과 친구들을 초대했고,

작은 묘비 앞에서 작별의 말도 남겼다.

함께했던 3년 동안 그 새는

그의 위대한 오페라인 <피가로의 결혼(1786)>과

<돈 조반니(1787)>의 창작을 지켜보는 특권을 얻은 증인이었다.

이 작품들은 잊어버리는 것만큼 빨리 배우기도 했던

위대한 모방자를 위해 선택한 레퍼토리였던 셈이다.

"아니, 그보다 찌르레기 한 마리에게 말을 가르쳐
'모티머(왕위 계승을 둘러싼 정적의 이름)'
한마디만 하게 만든 다음 그에게 주리라.
그의 화를 돋을 수 있도록."
-셰익스피어의 <헨리 4세> 제1부 1막 3장에서

찌르레기와 관련된 일화를 소개하면,
셰익스피어를 너무나 사랑했던
뉴욕의 제약업자인 유진 시펠린은
1890년 유럽 여행 중에 이런 엉뚱한 상상을 하였다.

"종달새, 멋쟁이새, 노래지빠귀(찌르레기) 등
셰익스피어 작품에 나오는
모든 동물을 뉴욕으로 가져오자!"
그러나 첫 번째 시도는 안타깝게도 실패하였지만
유럽에서 또 다시 찌르레기 60마리를
뉴욕의 센트럴파크로 데려왔다.

이내 찌르레기는 뉴욕을 삼킬 만큼 번성하였으며,
1920년 무렵에는 미국 땅 절반으로 퍼져나가
현재에는 멕시코에서 알래스카까지 어디서나
흔히 볼 수 있는 새가 되었다고 한다.
(찌르레기 수십만 마리의 군무를 한번이라도 본 적이 있다면
모차르트의 음률이 저절로 떠오르게 될 것이다)

볼프강 아마데우스 모차르트 (Wolfgang Amadeus Mozart, 1756-1791)

모차르트는 빈 중심가에 고급 주택을 얻어 당구대를 들여놓고, 반려견인 폭스테리어와 애완조류인 카나리아, 철새인 찌르레기와 같은 애완동물을 키웠다고 한다. 모차르트는 그의 마지막 오페라인 〈마술 피리〉에서 피리로 새들을 부르는 밤의 여왕인 파파게노라는 캐릭터의 음악을 만들 때 특별한 애정을 쏟았다. 파파게노는 소박하고 선량한 존재로 여느 찌르레기처럼 늘 짝을 찾고 싶어 하는 인물이었다. 그의 작품으로 〈피가로의 결혼〉, 〈돈 조바니〉, 〈마술 피리〉 외에 수많은 교향곡, 협주곡, 실내악곡이 남아있으며, 〈레퀴엠〉을 미완으로 남겨둔 채 1791년 35세의 나이로 세상을 떠났다.

Snowball

헤밍웨이의
행운의 고양이

스노우볼

미국 작가 어니스트 헤밍웨이는 살면서 액션과 모험을 비롯한 다양한 경험을 많이 했는데, 이는 그의 훌륭한 소설과 기사 및 이야기의 소재가 되었다.

젊은 헤밍웨이는 신문사에서 처음 일을 시작했다. 고등학교를 마치고, 대학교는 가지 않겠다고 결심하면서 글쓰기에만 전념했기 때문이다.

시간이 지나면서 그의 머릿속에는 작가로서 전쟁에 참여하면 평생 잊지 못할 경험을 얻게 될 거라는 생각이 커졌다. 그래서 그는 가능한 많은 전쟁에 특파원으로 참여했고, 이것은 그의 책들의 주된 테마가 되어주었다.

```
"For sale:
    Baby shoes. Never worn."
             E. Hemingway
```

〈아기 신발〉 *헤밍웨이의 6단어 소설

헤밍웨이의 특유의 문체가 드러난 것으로

유명한 전설적인 6단어 소설은 친구들이

단어 6개로 자신들을 울릴 만한

소설을 써 보라고 장난삼아 내기를 걸자 즉석에서

이 글을 지어냈다고 한다.

비록 6단어로 이루어진 문장 하나에 불과하지만,

이 안에는 그 자리에 있었던 친구들을 울려버릴 만한

많은 내용이 함축되어 있다.

사용한 적 없는 아기 신발을 판다는 뜻은

아이가 유산 혹은 사산되었거나

걸음마를 떼기도 전에 요절했다는 것을 의미하고,

그것도 모자라 이걸 팔아야 할 만큼 찢어지게

가난했다는 것을 의미한다.

"인간은 패배하기 위해 만들어지지 않았다.
인간은 파괴될 수는 있어도
패배할 수는 없다."
-헤밍웨이가 〈노인과 바다〉의 주인공의 입을 통해 한 말 중에서

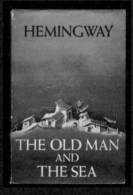

〈노인과 바다〉, 여러 나라에서 출간되었던 책표지

"'작은 배에 탄 채 나흘 밤낮을

홀로 황새치와 싸운 늙은 어부와,

잡은 고기를 배 위로 끌어올릴 수가 없어서

뱃전에 묶어두자 결국 상어들이 그것을 먹어버린 이야기'

이건 쿠바 해안이 전해 준 멋진 이야기라네.

나는 모든 사실을 정확히 알기 위해 카를로스와 함께

그의 작은 배를 타고 바다로 나가보려고 해. (…)

내가 제대로 해낸다면 이건 훌륭한 이야깃감이야.

책 한 권이 될 이야기 말이네."

-1939년 2월, 헤밍웨이가 스크리브너 출판사의 편집자 맥스웰 퍼킨스에게 쓴 편지

그는 자연과 동물 곁에서 평화를 찾았다. 그래서 플로리다 남부의 키 웨스트라는 작은 섬을 발견했을 때, 최고의 장소를 찾았다고 확신했다. 그곳에 정착한 그는 선장을 포함한 새로운 친구들과 배낚시를 자주 즐겼다. 선장은 그곳 어부들이 행운의 부적으로 생각하는 발가락이 여섯 개인 다지증 고양이를 그에게 선물해주었다! 이 고양이들은 배에서 쥐를 아주 잘 잡았다. 왜냐하면, 여분의 발가락 덕분에 흔들리는 배 안에서 뭔가를 더 잘 붙잡고 효율적으로 사용할 수 있었기 때문이었다. 이 작가는 흰털이 난 작은 그 고양이를 〈스노우볼(Snowball)〉이라고 불렀다. 스노우볼은 꽃들과 타마린드와 구아바로 둘러싸인 집에 자기만의 영역을 만들었다. 그리고 얼마 되지 않아 그 다지증 고양이의 많은 후손은 마을 전체로 그들의 영역을 확장시켜나갔다. 그래서 오늘날 이들을 '헤밍웨이 고양이'라고 부른다.

그리고 지금도 그 고양이들은 작가를 기념하기 위해 집을 개조해 만든 박물관에서 편하게 살고 있다. 헤밍웨이는 살면서 훨씬 더 많은 고양이와 함께 살았는데, 그에게 그들은 '사랑의 스펀지'였기 때문이다. 그는 그들이 가까이에 있어서 말년에 겪었던 오랜 상처와 고통을 무던히 견딜 수 있었다. 〈노인과 바다〉 발표 이후에는 거의 아무것도 발표하지 못했고, 우울증과 알코올중독, 기타 질병에 시달리며 입원과 퇴원을 반복하였다고 한다

어니스트 헤밍웨이(Ernest M.Hemingway, 1899~1961)

헤밍웨이가 1954년 노벨 문학상을 받았을 때, 그는 건강 악화로 시상식에 참여하지 못했고, 사람들은 쿠바에 있는 집으로 상을 가져다주었다. 그는 그곳에서 아내와 고양이 열 한 마리, 개 아홉 마리, 소 한 마리, 수리부엉이 한 마리 그리고 수백 권의 책과 함께 지냈다. 그의 관심사는 오로지 반려동물뿐이었다.

헤밍웨이는 〈노인과 바다〉로 퓰리처상과 노벨문학상을 수상하였으며, 그 외에도 〈무기여 잘 있거라〉, 〈누구를 위하여 종을 울리나〉 등의 작품을 남겼다.

Bustopher Johnes
Mongojerrie
Jellylorum

엘리엇의 특별한 존재

버스토퍼 존스
몽고제리
젤리로럼

"유머는
심각한 것들을 얘기하기 위한
방편일 뿐이다."

Humor is also a way of saying something serious.

-T.S. 엘리엇의 명언

작가인 T. S. 엘리엇은 미시시피 옆의 산 루이스에서 태어났다. 하지만 마크 트웨인의 주인공인 톰소여가 미시시피강을 누비던 것과는 달리, 엘리엇은 건강 문제 때문에 그 강가에서 모험을 즐기지 못했다. 대신 그는 주로 책을 보며 시간을 보내야 했고 시에 큰 매력을 느꼈다. 아마도 그의 어머니가 시를 썼기 때문일 것이다. 그는 대학에서 문학과 철학을 공부한 후, 스물다섯 살이 되던 해 큰 결심을 하게 되는데, 이러한 결정은 그의 삶에 커다란 영향을 끼쳤다.

선조들의 땅인 영국에서 살기로 마음을 먹은 것이었다. 그곳에서 그는 소설과 시, 희곡, 문학 비평 등을 출간했다. 그의 스타일(문체)은 다른 작가들과 매우 달랐다. 그의 글들은 항상 이해하기 어려웠으며, 시 또한 많은 사람들이 접근하기에 지나칠 정도로 현대적이었다.

엘리엇은 죽을 때까지 프랑스 담배 애연가였다고 함

"노벨상은 작가가 무덤으로 가는 길일뿐이야. 노벨상을 받고 나서 변변한 작품을 발표한 작가를 한 명도 본 적이 없다네!" 엘리엇은 노벨 문학상 수상 소식을 접한 다음에 한 말인데 그는 감정을 노출하는 낭만주의를 배격하고 '시는 정서로부터의 도피이고, 개성으로부터의 도피'라며 고전주의를 지향하였다.

자, 우리 갑시다, 당신과 나
수술대 위에 누운 마취된 환자처럼
저녁이 하늘을 배경으로 사지를 뻗고 있는 지금
우리 갑시다, 반쯤 인적 끊긴 어느 거리를 통해
싸구려 일박 여인숙에서의 불안한 밤이
중얼거리며 숨어드는 곳,
굴 껍질 흩어져 있는 톱밥 깔린 레스토랑을 지나
위압적인 질문으로 당신을 인도할
음흉한 의도의
지루한 논쟁처럼 이어진 거리들을 지나
오, 묻지는 마세요, "무엇이냐?"라고.
일단 가서 방문해봅시다.
-엘리엇의 <알프레드 프루프록의 연가>라는 시에서

그러나 엘리엇은 자기 글이 가장 까다로운 독자들인 어린이들에게 다가갈 수 있다는 걸 보여 주었다. 이 모든 것은 그가 너무 사랑했던 고양이들에 대한 시를 쓰면서 시작되었다. 그는 집 주변을 돌아다니는 모든 고양이에게 관심을 갖고 반겨주었는데, 그 고양이들 속에는 버스토퍼 존스(Bustopher Jones), 몽고제리(Mungojerrie), 젤리로럼(Jellylorum)이 있었다. 이 특별한 이름들은 엘리엇이 신중하게 지은 것들이었다. 그는 고양이들을 위해서 쓴 첫 번째 책에 고양이 이름을 짓는 기술에 관해 쓰기도 했다. 그는 이름이 고양이가 꼬리를 똑바로 세우고 수염을 뻗게 하는데 아주 결정적 요인이라고 말했다. 또한, 그는 고양이들의 열정과 나쁜 버릇, 선행 등을 다룬 다양한 고양이 이야기를 썼는데, 이것은 운율이 없는 간단한 시 형식이었다.

〈캣츠〉* 뮤지컬 중에서

그는 이 우화적인 글들은 <주머니쥐 할아버지가 들려주는 지혜로운 고양이 이야기(1939)>라는 제목으로 묶었다. 이후 수많은 어린이가 이 책을 보았는데, 그중 한 명이 영국의 극작가이자 작곡가인 앤드루 로이드 웨버였다. 그는 이 책에서 영감을 받아 1981년 뮤지컬 <캣츠(Cats)>를 만들었고, 엘리엇이 늘 고대했던 대중적 성공을 이루게 되었다. 오늘날까지도 <캣츠>의 젤리클 고양이들은 무대 위에서 엘리엇의 <지혜로운 고양이들>이란 시들을 읊으며 울고 있을 테다.

<주머니쥐>°책표지

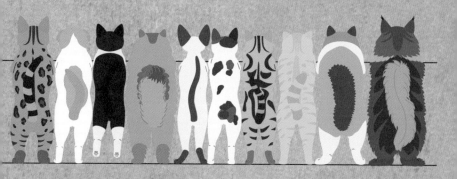

'캣츠'는 원작자 엘리엇의 명성을 고스란히 이어받았는

데. 황홀한 음악부터 전율의 퍼포먼스, 압도적인 연기가 한

데 어우러졌다. '4대 뮤지컬'로 꼽히는 원작은 영국 극작

가 엘리엇의 동명 소설을 바탕으로 1983년 초연돼 전 세

계적인 흥행 신화를 썼는데, 각기 다른 사연을 가진 고양이

들을 통해 삶에 관한 통찰을 이끌어내 큰 호응을 얻어냈다.

고양이 부처는
고민이 없다.

-법구경 명언 중에서

토머스 엘리엇 (Thomas Stearns Eliot, 1888~1965)

'주머니쥐'는 시인인 에즈라 파운드가 친구 엘리엇에게 붙여준 사랑스러운 별명으로, 그는 자신의 가장 인기 있는 작품 제목에 곧바로 그 이름을 사용했다.

그는 1948년 노벨 문학상을 받은 위대한 작품 〈황무지〉를 썼지만, 정작 가장 많이 팔린 작품은 유머와 환상으로 가득한 고양이에 관한 시집인 〈주머니쥐(Old Possum's Book of Practical Cats)〉였다고 한다.

Puce

색의 마술사 마티스를 탄생시킨
검은 암고양이

푸체

앙리 마티스는 어릴 때부터 법을 공부하겠다고 생각했었다. 하지만 병 때문에 그러지 못하고 침대에만 계속 머물러 있어야 했다. 그러자 어머니는 단지 그를 즐겁게 해줄 목적으로 붓과 그림 도구를 가져다주었다. 그때는 아마도 아들의 재능을 미처 알아보지 못했을 것이다. 하지만 그때 그는 평생 동안 그림을 그릴 거라고 확신했고, 이후 파리 국립 미술 학교에 입학했다.

"나는 사물을 그리지 않는다.
나는 오직 사물간의 차이점을 그린다."
-앙리 마티스의 명언 중에서

그는 여러 화풍을 경험했지만, 늘 그를 사로잡는 것은 색상이었다. 당시의 다른 예술가들은 단순히 자신이 본 것만 그렸지만, 그는 자주색 나무나 파란색의 얼굴을 그렸다. 그는 어머니의 조언에 따라 그릴 때 느끼는 감정을 바탕으로 그림을 그렸기 때문이다. 그는 몇 년간 너무 강렬한 색채를 사용해 어떤 비평가는 그것을 〈야수적〉이라고 생각하기도 했다.

"내가 꿈꾸는 미술이란 정신노동자들이
아무런 근심걱정 없이 편안하게
머리를 뉘일 수 있는 안락의자 같은 작품이어야 한다."

〈춤(Dance)〉

〈삶의 기쁨(The Joy of Life)〉

고흐의 회고전을 보고난 다음, 마티스는 원색적인 색채를 거침없이 화폭에 담아냈는데, 다른 사람들에 의해 '야수파(포비즘)'라는 별칭을 얻기도 했다. 그의 〈삶의 기쁨〉은 시인 보들레르의 '여행으로의 초대'와 말라르메의 '목신의 오후'에서 영감을 받아 삶에 대한 열망과 희망을 미학으로 승화해낸 것이다.

〈붉은 색 실내〉
*실내 풍경 시리즈 중에서
마지막 작품

"마티스의 그림은
왜 행복하게 보일까요?"

마티스는 삶의 탐구를 통해 자신의 그림을 찾는
사람들에게 위안과 격려를 전달하고자 했다.
흔히 그림은 화가의 몫이 20%,
감상자의 몫이 80%라고 한다.

그때 그의 아버지는 그가 그림을 그리면 돈을 벌지 못해 굶어
죽을 거로 생각했지만, 반대로 사람들은 그의 그림을 무척이나
좋아했고, 그는 그림 때문에 생계를 유지할 수 있었다. 사람들
이 그의 그림을 좋아하는 이유는 그 표현 때문만이 아니라, 거
기서 전해지는 평온함 때문이기도 했다. 이런 평온한 정신의
비밀은 그의 집에 있었다. 그는 집에서 식물들과 새들과 개 그
리고 몇 마리 고양이들과 함께 작은 천국을 이루며 살았다. 마
티스는 평온함을 느끼기 위해서는 그림을 그리는 것보다 그의
반려동물들을 어루만지고 안아주는 것을 더 좋아했다.

실제로 병이 악화하여 더는 걸을 수 없는 상황이 되었을 때, 그는 서로 피가 섞이지 않은 고양이 네 마리와 늘 함께 잠자리에 들었고, 그들은 그의 소중한 친구가 되어주었다. 특히 가슴 아래에 작은 흰색 반점이 있는 검고 신중한 고양이 푸체(Puce)가 그의 침대를 독차지했다. 푸체는 그의 곁에서 자거나, 그가 말년에 가위를 들고 작업하는 컷아웃 기법으로 벽을 채워가는 모습을 그저 지켜보기만 했다. 사각거리는 종이 소리, 종이 위에 미끄러지는 연필 소리, 푸체의 행복한 웃음소리는 마티스의 마지막 작품을 둘러싸고 있던 고요한 침묵의 소리였던 것이다.

그림을 그릴 때 일어나지 못할 정도가 되자, 마티스
는 새로운 시각 언어를 만들었다. 색종이를 잘라서
모양과 구도를 만들었다. 그는 그것들로 푸체, 슈슈,
초초, 코우시, 미노슈라는 고양이들과 함께 사이좋게
지냈던 방의 벽마다 상상 속의 정원을 만들어냈다.

앙리 마티스 (Henri Matisse, 1869~1954)

마티스는 드랭, 블라맹크 등과 함께 포비즘 운동을
시작하여 원색의 대담한 구성과 강렬한 색채를 활
용하여 20세기 신인상주의 회화에 한 획을 긋게 되
었다.

그러나 마티스는 자신의 정체성이 위협받는 순간에
도 결코 포기하지 않고 오히려 창작의지를 잃지 않
았으며, 자신만의 영역을 구축해 나갔다.

Pluto & Elia

조각가 프로이트의
완벽한 두 모델

플루토와 엘리

영국의 화가이자 조각가인 루시안 프로이트는
열 살 때 독일인의 유대인 박해를 피해
가족과 함께 런던으로 왔다.
그의 아버지 에른스트 프로이트는
유명한 건축가였고,
어머니 루시 브라쉬는 철학자였다.
어릴 때부터 그는 그림에 재능을 보였고,
평생 쉬지 않고 그림에만 전념했다.

〈흰 개와 함께 있는 소녀〉 *수컷 테리어

*유독 자신과 아내를 작품 모델로 삼았음

프로이트 가문의 모든 사람은 세대를 거쳐 공통적
으로 개를 사랑했지만, 특히 루시안은 그의 유명
한 할아버지인 지그문트 프로이트처럼 반려동물과
함께 일하는 습관이 있었다. 정신분석학의 아버지
라 불리는 지그문트 프로이트는 치료할 때 차우차
우인 조피와 함께 했고, 루시안은 그레이하운드(세
계에서 가장 빠른 개로 엄청난 체력과 지구력을 보유함)
인 플루토(Pluto)를 자신의 그림 모델로 삼았다.

이 예술가는 사람과 자연 또는 동물을 그렸고 보통 주변 사람들을 모델로 삼았다. 하지만 그와 작업하는 모델들은 이 화가를 위해 포즈를 취하는 일을 어려워했다. 왜냐하면, 그는 천천히 일하는 편이라서, 모델들이 몇 달 동안 작업실에서 매일 몇 시간씩 계속 포즈를 취해야 했기 때문이다. 그는 인간의 가장 진실한 부분을 보여 주고, 그의 할아버지가 환자들을 분석하며 찾았던 것처럼 인간의 진실한 감정을 포착하기 위해 주로 누드화를 그렸다.

"나는 사람들의 얼굴에 담긴 감정을 담아내고자 노력한다. 사람들의 몸을 통해서 내 감정을 표현하고 싶다. 나는 오직 얼굴만 그렸었는데 마치 얼굴에 집착하는 것처럼 느껴졌을 것이기 때문이다. 마치 내가 그것들의 팔다리가 되고 싶은 것처럼……"

–루시안 프로이트 명언 중에서

그의 그림에는 플루토가 자는 모습이 많이 나온다. 이 암캐는 루시안이 진짜 사람 피부처럼 보이게 하려고 캔버스에 여러 겹 두껍게 덧칠하는 모습을 미동도 안 하고 늘 곁눈질로 지켜보았다. 그 예술가가 말했듯, 플루토는 거의 완벽한 모델이었다. 그것도 잠을 아주 잘 잘 줄 아는 것처럼 말이다!

루시안 프로이트는 유별나게 자화상에 집착하였고
특히 플루토와 함께 그렸다.

루시안은 플루토와

십오 년 동안 함께 일했고,

그의 도움으로 이 예술가는

가장 관심 있는 주제를 깊게 파고들 수 있었다.

그는 사람들이 옷과 복잡함, 걱정을

벗어버렸을 때 얻을 수 있는

동물적인 평온함에 관심이 많았다.

루시안은 플루토가 나이가 들자

쉬게 해주기 위해서 대신할만한

새 모델을 조수에 소개해 주었다.

바로 엘리(Eli)라는 흰 점이 난 그레이하운드였다.

침착한 플루토와 엘리는

그 누구보다도 이 예술가의 우아한 모델이

되어줌으로써 현대 미술에서

중요한 임무를 수행하게 되었다.

루시안 프로이트 (Lucian Freud, 1922~2011)

비록 엘리는 몰랐겠지만,
루시안이 죽기 직전 마지막 힘을 다해
엘리의 귀를 그렸다는 점에서
예술적 명예를 얻은 셈이다.
그 미완성의 그림에서
엘리의 주인은 알몸으로 있고,
그 개는 편안히 누워
잠자고 있었다.

Choupette

라거펠트에 버금가는
매스컴의 유명인사

슈페트

"인간과 똑같은데다

장점이 하나 더 있다.

말이 없다는 것"

-라거펠트의 '고양이 예찬' 중에서

칼 라거펠트는 20세기 가장 영향력 있는 패션 디자이너이자 사진

작가였다. 물론 그의 집안이 부유한 독일 가문이었지만, 그의 재능

과 노력이 없었다면 그런 최고의 자리에 오르지 못했을 것이다. 어

린 칼 라거펠트는 틈만 나면 패션잡지의 사진들을 오리고, 친구들

의 스타일들을 분석했다. 사람들은 그를 늘 스케치하던 아이로 기

억하고 있다.

이후 그는 자신이 무엇을 원하는지를 깨닫고 패션의 중심지인 파

리로 갔다. 그리고 파리에서 열린 디자인 대회에서 우승했는데, 그

상으로 그 당시 최고의 디자이너 중 한 명과 함께 일하게 되었다.

이후에도 그는 끊임없이 디자인을 배웠고, 자신이 일했던 모든 브

랜드에 자신만의 독특한 스타일을 계속 만들었다. 그는 패션이 사

람들의 기분을 좋게 하는 데 도움이 될 거로 생각해서, 길거리에서

쉽게 볼 수 있는 옷 브랜드뿐만 아니라 유행하는 옷 그리고 반려

동물들을 위한 옷까지 만들었다.

COCO
CHANEL

MARIE-FRANCE PISIER como COCO CHANEL
TIMOTHY DALTON·RUTGER HAUER y KAREN BLACK
BRIGITTE FOSSEY·LEILA FRECHET
dirigida por GEORGE KACZENDER producida por LARRY SPANGLER

〈샤넬1,2〉*가브리엘

영화포스트

"옷이 당신에게 어울리는지

고민하기 전에,

당신이 그 옷에

어울리는 사람인지

먼저 고민해라."

-칼라거펠트의 명언 중에서

그는 18세기 기풍에 매료되어
그 시대 근대화 방식에 맞춰
옷을 입었던 세련된 남자였다.

그는 평범한 부분이 하나도 없었고, 반려동물인 버마산 고양이 슈페트
(Choupette)에게도 마찬가지였다. 2011년 그의 동료가 크리스마스 휴
가를 가며 임시로 맡겼던 고양이였는데, 얼마 안 돼서 슈페트는 애교를
떨며 그의 관심을 끌었고 마음까지 훔쳤다.

이후 그 동료는 감히 그 둘을 떼어 놓을 수 없어서
그에게 그 고양이를 선물로 주기로 하자,

그는 "내가 이 고양이를 이렇게
사랑하게 될 줄 꿈에도
생각하지 못했어."라고 말했다.

이 렇 게 슈 페 트 는

그의 회사에서 스타 대접을 받았다. 자기 식기를 가지고 주인

과 겸상을 하고, 다이아몬드가 박힌 목걸이를 하고, 두 명의 개

인 집사와 요리사 미용사까지 두었다. 그리고 많은 사진과 패션

쇼, 소셜 미디어 계정, 도서 등으로 300만 유로를 번 미디어 스타

가 되었다. 하지만, 이 디자이너는 슈페트의 공개적인 활동을 제

재하였다. 그는 슈페트가 돈이 필요한 게 아니라, 자신과 마찬

가지로 사랑과 애정이 필요하다는 것을 알고 있었기 때문이다.

"나는 사람들이 샤넬 모드에 대해 이야기하는 것을 원치 않는다. 샤넬은 스타일이다. 모드는 시간이 지나면 유행이 지나간다. 하지만 스타일은 그렇지 않다."

-가브리엘 샤넬의 '디자인에 관한 관념' 중에서

"지금보다 진보하길 원한다면 도전, 유머, 호기심은 반드시 갖추어야 할 가치입니다."

-'라거펠트의 3가지 인생법칙' 중에서

칼 라거펠트 (Karl Largerfeld, 1933-2019)

우리에게 샤넬로고를 탄생시킨 샤넬의 수석디자이너로 알려져 있지만 그는 한글에 대해 '세계에서 가장 아름다운 글자'라며 극찬한 인물이기도 하다. 현대적이면서도 미래지향적인 디자인을 추구한 디자이너로서 자신의 이름을 딴 '라거펠트' 브랜드를 탄생시킬 만큼 세계인의 셀럽이 되었다.

이 괴짜 디자이너는 동물과 결혼할 수 있다면, 자신의 고양이와 결혼했을 거라고 말했다. 그는 죽기 전에 그 고양이가 걱정되어서, 자신이 없어도 슈페트에게 부족한 것이 하나도 없게 하라고 확실한 조처를 해두었다. 그렇게 할 수 있도록 그는 슈페트를 돌보는 집사에게 이 세련된 고양이 아가씨의 요구를 채워주도록 집과 상당한 금액의 유산을 남겼다.

Bo & Chia

조지아 오키프에게
예술적 영감을 준

보와 치아

"대부분의 도시인들은 너무나 바빠서 꽃을 볼 시간조차 없다.
아무도 꽃을 보지 않는다. 정말이다.
너무 작아서 알아보는 데 시간이 걸리기 때문이다.
우리에겐 시간이 없고, 무언가를 보려면 시간이 필요하다.
친구를 사귀는 것처럼."

Nobody sees a flower - really - it is so small it takes time - we haven't time -
and to see takes time, like to have a friend takes time.
-조지아 오키프의 명언 중에서

〈노란 칼라(Yellow Calla), 1926〉ⓒGeorgia O'Keeffe Museum /SACK, Seoul, 2020

〈블루와 그린 뮤직 2(Music:Pink and Blue Ⅱ), 1918〉ⓒGeorgia O'Keeffe Museum /SACK, Seoul, 2020
〈검은 붓꽃 3(Black Iris Ⅲ), 1926〉ⓒGeorgia O'Keeffe Museum /SACK, Seoul, 2020

삶과 예술을 앞서갔던 화가였던 조지아 오키프는 독립적인 생활 방식을 고수하며 막힘없는 창작에 몰두했다. 그녀는 어린 시절 가족 농장에서 자연과 예술을 깊이 경험했고, 이 둘이 잘 어울리는 장소를 계속 찾아다녔다. 그러다가 주로 거대한 꽃들과 고층 빌딩을 그리는 이 여류 화가는 뉴멕시코를 발견하게 되었다.

그녀는 빛과 태양 아래 마른 땅의 색, 돌과 동물의 뼈에 매료되어 아비키우 마을에 소박한 벽돌집을 짓고 정착하기로 마음먹었다. 정착하고 얼마 후, 차우차우를 키우던 한 이웃의 친구는 그녀가 너무 외로워 보인다며 석탄처럼 새까만 털을 가진 두 마리 수강아지 보(Bo)와 치아(CHIA)를 선물해주었다. 그녀는 그들의 아름다움에 감탄하며 위엄 있는 사자를 닮은 튼튼한 그 동물들에 매료되었다.

〈흰 붓꽃(Light of Iris), 1924〉ⓒGeorgia O'Keeffe Museum /SACK, Seoul, 2020

종종 위대한 예술가 뒤에는 위대한 동물이 있다. 그녀에게도 보와 치아가 있었는데, 이들은 그녀가 동물 뼈와 돌을 모으거나 그림을 그리기 위해 사막으로 차를 몰고 나갈 때 또는 그녀가 지팡이를 집고 세로 페데르날(Cerro Pedernal) 지역까지 걸어가며 예술적 영감을 찾을 때 그녀의 곁에서 친구가 되어주었다. 그들은 그녀가 가장 우선순위로 두는 대상이었고, 심지어 새로운 난로도 그들에게 내줄 정도였다. 이곳이 집 안에서 보와 치가 쉴 수 있는 유일한 장소였기 때문이다. 특히 그녀는 '보'에게 늘 마음이 약했는데, 그를 〈마을 대표〉라고 불렀고, 자신의 재산을 지켜주는 그의 사나운 성격을 늘 자랑스럽게 생각했다.

그녀와 그들 사이는 아주 끈끈했다. 그녀는 나이가 들면서 사랑하는 사람들을 잃었지만, 가장 좋은 친구들은 여전히 남아 있다는 글을 남기기도 했다. 조지아는 감히 그녀의 성역을 방해하려는 사람들에게 자주 짖긴 했지만 절대로 지치지 않았던 친구와 함께 사막의 단순하고도 황량한 풍경 속에서 자신만의 낙원을 발견했다.

"나는 꽃 한 송이를 아주 크게 그리고 싶다,
사람들이 그것에
주목할 수 있도록 하기 위해 …"

그녀는 라파엘로의 정물화 속 작은 꽃을 본 후
이와 같은 생각을 품게 되어 연작으로
꽃을 200점 이상 그렸다고 한다.
그의 작품에서 매혹적인 색채,
수채화풍, 출인한 기법 등
여성적인 감성을 자아낸다.

Georgia O'Keeffe | *forever* | usa

조지아 오키프 (Georgia O'Keeffe, 1887–1986)

그녀는 꽃의 세계를 유독 즐겨 그렸는데, 줌인(zoom-in) 효과를 넣은 상징
적이고 추상적인 것들이 많았으며, 여성스러운 감성이 강하게 배여있는 그
림들에 더욱 정성을 쏟았다.

보와 치아 이후에도 작가는 차우차우 개만 원했다. 마치 인생에서 그녀의
유일한 사명인 것처럼, 그녀는 〈그 작은 사람들〉이라고 부르며 그들의 요구
들을 손수 들어주었다. 털갈이할 때는 털을 빗겨주는 데 많은 시간을 보냈
는데, 그들이 털이 너무 많아서 그 검은 털로 아름다운 숄을 만들어 달라고
주문까지 했다.

Bimbo

파울 클레와
그의 백의의 천사

빔보

"예술이란,
보이지 않는 것을
보이게 하는 것이다."

-파울 클레가 '바우하우스에서의 강의' 중에서

〈검은 색을 배경으로 한 회화〉

현대 추상회화의 시조로 불리는 파울 클레는 양손으로 예술을

한 예술가였다. 왼손으로 그림을 그리고 바이올린 활을 켰으며,

오른손으로는 글을 쓰고 그 악기를 받쳐 들었다. 그는 베른 근처

의 스위스 마을의 음악가 가정에서 태어났다.

그가 도움이 꼭 필요할 때마다 나타나는 요정이자, 가장 먼저 색

연필을 선물해 준 사람은 바로 할머니였다. 시간이 지나면서, 파

울은 바이올린 연주 실력이 늘었고, 20세기 회화의 거장 자리에

도 올랐다. 그의 민감한 영혼은 항상 고양이들과 통해서, 그의 삶

의 각 시기마다 함께 했던 고양이가 존재하고 있었다.

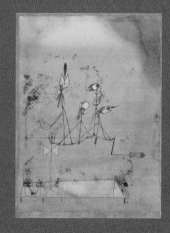

<지저귀는 기계(wittering machine), 1922>

파울 클레는 예술적 상상력을 그림으로 연출해 내는 화가였다.

위의 그림에서 무엇이 보이는가?, 또 어떤 소리가 들리는가?

이 작품에서 새에게서 소리만 뽑아내는 능력, 즉 사물의 작동 원리 메커니즘을 이용하여

기계가 새의 지저귀는 소리를 뽑아내고 있다.

이러한 상상력을 뽑아내는 바탕에는 청각의 시각화 작업이 작동되었으며,

거기에다 상상력이 동원되었던 것이다.

그는 소리를 화폭에 담아내는 천재 화가인 것이다.

사람은 누구나 상상력을 지니고 있다.

그러나 아무나 보이지 않는 것을 보이게 하는 능력을 지닌 건 아니다.

"완성된 자연의 형태들은 자연의 창조 과정의 궁극적 실재가 아니다.

예술가는 완성된 형태보다

형태를 만들어내는 힘에 더 큰 가치를 둔다.

완성품보다 창조 자체의 이미지에서

우리는 깊은 감명을 받을 수 있다."

고트홀트 레싱은 회화를 공간예술로 간주하였으나 클레는 공간 역시 시간적 개념의 영속으로 보았다. 우리는 눈에 보이는 것만 실체를 지닌 현실이라고 생각하며 살아간다. 그러나 그는 상상력이 구축하는 세계 또한 우리가 살아가는 현실이라는 점을 분명히 자각하고 있다. 보이는 세상을 떠받치고 있는 보이지 않는 세계도 엄연히 우리가 사는 세상이다.

〈관조(Contemplation), 1938〉

"예술은 가시적인 것을 재현하는 게 아니라, (비가시적인 것을) 가시화하는 것이다."

〈금붕어〉

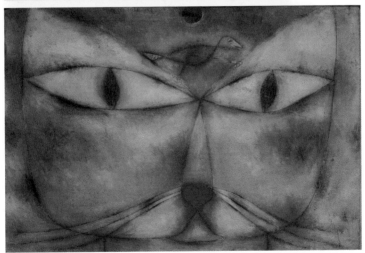

〈고양이와 새〉

"신은 죽었으며
창조자인 예술가가
그 지위를 대신할 수 있다."

이토록 무한한 자신감을 표출했던 그가 죽음에 이르러서는 그의 일기에 이렇듯 인간적인 모습을 드러냈다.

"나는 이 세상의 언어만으로 이해될 수 없는 존재다. 나는 죽은 자와도, 아직 태어나지 않은 자와도 행복하게 살 수 있기 때문이다. 누구보다도 창조의 핵심에 다가가 있긴 하지만 아직 충분하다고 말할 수는 없다."

-파울 클레의 묘비명

그는 가정을 꾸리면서, 프릿지(Fritzi)라는 얼룩 고양이를 키우게 되었는데 그 누구보다도 많이 아껴주었다. 그가 제1차 세계 대전(다행히도 항공기 위장 도색 하는 일을 함)에 징집되었을 때 아내에게 쓴 편지에서도 늘 고양이에 관한 애정이 담겨 있었다. 이후 독일의 바이마르에 소재한 바우하우스 예술 학교에서 교사로 일할 때, 그의 영원한 친구가 되어준 존재는 바로 빔보 I (Bimbo I)였다. 그는 그 흰색 앙고라 고양이와 몇 시간씩 연구실에 있었다. 거기에서 그 고양이는 그 붓의 마법사가 물감들을 섞어 〈신성한 고양이의 산〉 또는 그의 유명한 작품 〈고양이와 새〉를 그리는 동안 늘 창밖을 바라보고 있었다.

또, 그의 생애 마지막 시간을 함께한 주인공은 빔보 II(Bimbo II)였는데, 그 다정했던 고양이는 그가 나치의 탄압으로 스위스에서 망명 생활을 할 때 큰 위로가 되었다. 파울 클레에게 빔보는 그야말로 '백의의 천사'였다. 그가 대담하게 화가의 무릎 위로 올라가자, 고양이를 어루만지던 그 마술 손은 그 고양이를 그리기 시작했고, 작품에 <빔보>라는 이름을 붙였다. 그의 친구인 에른스트 루드비히 키르히너(20세기 독일의 화가이자 판화가로 독일 표현주의의 선구자)는 이 둘의 특별한 관계를 직접 보고, <파울 클레를 위한 오마주>라는 작품에서 그 장면을 표현했다. 또한, 그와 빔보 II 사이의 애정의 증거는 파울 클레가 병원에서 보낸 마지막 날 쓴 세 통의 편지에 그대로 남아 있다. 거기에서 그는 그 고양이와 주인, 인간과 그의 천사만이 느낄 수 있는 감정들을 표현했다.

파울 클레 (Paul Klee, 1879-1940)

파울 클레는 예술의 기능이 보이지 않는 것을 보이게 만든다고 생각했다. 그리고 그의 작품을 통해 고양이의 신비한 부분을 보여 주고, 그들을 이 땅에서 길 잃은 신들로 여겼다. 그의 작품 중 스물여덟 점은 이 동물들을 위한 것이었는데, 어떤 작품에는 그들의 발자국이 남았을 수도 있다. 그가 "사람들은 내가 어떻게 그 훌륭한 결과를 얻었는지 궁금할 것이다."라고 말한 걸 보면 말이다.

클레는 "자신의 예술적 자양분은 음악"이라고 했을 만큼 다성 음악의 기법을 회화적 언어로 표현해내려고 노력했다. 그것도 추상적이고 풍자적으로 말이다.

에필로그

세상을 꾸밈하는 영역에 존재하는 사람들은
늘 외롭고 쓸쓸하지도 모릅니다.
또 한 켠에는 소외된 계층의 사람들도 공존하고 있답니다.

크리에이터/
아티스트(예술가)/
뮤지션/
디자이너/
건축가/
작가/
과학자/
기획자/
정신노동자/
감정노동자/

이 책은 당신의 지친 영혼에 작은 위로와 용기를 불어넣는
그야말로 힐링 젬성 에세이북입니다.
언제까지나 당신의 꿈을 응원합니다.

우리 모두에게 필요한 건
서로에 대한 배려와 감사의 마음입니다.

thank you!

모든 반려동물들은
영혼의 교감을 함께 나눌 수 있는 사람들을
늘 가까이 두고 싶어 한다.
그래서 위로가 필요한 사람에게만
아주 조심스럽게 다가서는 것이다.
그러나 우리 인간은 어떠한가?
그저 애완동물이 필요할 뿐이다.

이젠 우리가 삶을 영위하는데 있어서
수많은 셀럽들이 그러했듯
반려동물은 또 하나의 가족인 셈이다.

독자여러분, 셀럽들의 성공 뒤에
무엇이 작용했는지 조금이라도 느낄 수 있다면
왜 반려동물이 그들에게 영혼의 단짝이 되어주었는지
이 책의 소중한 가치와 역할을
저절로 깨닫게 될 것이다.

2020년 3월
반려동물 행동치료사 이문필 드림

셀럽들의 또 하나의 가족
땡큐 마이 펫

2020년 4월 15일 초판 1쇄 인쇄

2020년 4월 25일 초판 1쇄 발행

글   안나 가요(Ana Gallo)

그림   캐서린 퀸(Katherin Quinn)

옮긴이   김유경

편집기획   이원도

영업   이장호, 공유석

디자인   이창욱

교정   이혜림, 이준표, 김대원

발행처   빅북

발행인   윤국진

주소   서울시 강서구 등촌로51길 79, 301호

등록번호   제 2016-000028호

이메일   bigbook123@hanmail.net

전화   02) 2644-0454

전자팩스   0502) 644-3937

ISBN 979-11-90520-01-0 03870

값 15,000원

*잘못된 책이나 파본은 교환하여 드립니다.

반려동물을 제대로 키우기 위한
사람들의 자질이나 자격과 관련된
'반려인 지수'도 중요하지만
무엇보다 반려동물들의
행복지수도 고려해야 합니다.

만약 독자여러분이
반려동물을 진정으로 키우고 싶다면
먼저 반려인 지수부터 높여
보시길 바랍니다.

For your mission

1. 이름짓기
2. 사진찍기
3. 교감(대화)하기
4. 산책하기
5. 친구만들기
6. 관찰일기쓰기
7. 여행하기